KB131352

내 일로 건너가는 법

내 일로

건너가는 법

김민철 에세이

위즈덤하우스

자, 가보는 거다

즐겁게 오래 벌어보자

누구를 위해? 나를 위해

프롤로그

나를 키우는 일을 하고 있습니다

일을 하며, 우리는 자란다. 어떤 업종에 종사하건, 누구와 함께 일하건 이 사실을 부인할 수 있는 사람은 없을 것이다. 일이 주는 성취감부터 힘들던 일을 어느덧 수월하게 처리할 때의 뿌듯함, 나의 힘으로 기어이 해냈을 때의 자기효능감, 힘을 합쳐서 함께해냈을 때의 소속감, 실패를 통해 배우는 각종 가르침, 반복되며 쌓이는 각종 노하우까지. 이 모든 것이 우리를 자라게 한다. 심지어 이상한 상사 밑에서도 '내가 저렇게는 되지 말아야지'라는 가르침을 얻으니 말이다. 다시 말하자면 매일의 절반을 꼬박꼬박 회사에 바치고, 그 대가로 꼬박꼬박 월급을 받는 것이 일의 전부가 아니다. 우리가 일에 월급보다 더 많은 노동을 투입하기도 하는 것처럼, 우리도 일에서 월급 이상의 것을 얻기도 한다.

나 역시 마찬가지다. 한 번 쉬지도 않고, 19년을 직장인으로 일하며 자라는 중이다. 물론 이건 단 한 번도 내 인생 계획에 없었던 일이다. 왜 그렇게 오래 회사를 다녔냐고 묻는다면 답을 오래 고를 것 같다. 딱 하나의 답이라는 게 있을까? 월급이 필요했던 것도 사실이고, 가끔 얻는 성취감이 달콤했던 것도 사실이다. 글을 쓰는 직업이 나에게 잘 맞았던 것도 사실이고, 팀 사람들과 함께 뭔가를 이룬 경험이 짜릿했던 것도 사실이다. 동시에 매일 아침 출근하기 싫어서 이불 속에서 소리를 지르는 것도 사실이고, 자존감을 바닥에 떨어트리는 말들에 마음이 100미터 아래로 추락하는 것도 사실이다. 입버릇처럼 곧 회사를 그만둘 거라고 말하는 것도 사실이고, 그 입버릇을 이제는 아무도 안 믿게 된 것도 사실이다. 결국 내가 답할 수 있는 건 단 하나뿐인 것 같다. 나는 그만두지 않았다는 답. 내 일로 매일을 건너가고 있다는 답.

한 회사를 이토록 성실하게, 이토록 꾸준히 다니고 있다 보니 '평생직장'이라는 말을 내게 하는 사람들도 많다. 하지만 2022년이다. 평생직장이라는 단어는 이미 땅속 고대 유물이 되었고, 그 단어를 믿으며 회사에 전적으로 의지하려는 사람도 이제는 찾아보기 힘들다. 나 역시 마찬가지다. 우리는 이전 세대와는 다르다. 이전 세대처럼 회사에 모든 것을 바치는 대신, 회사와 나 사이에 건강한 거리를 유지하며 회사도 나도 서로 잘될 수 있는 방법을 찾아야 한다. 평생 직장은 없으니 어떤 식으로든 일하는 나를 지속할 수 있는 방법을 찾아야 한다. 어떻게? 나를 키우는 일을 통해. 그러니까 지금 하는 일을 통해 무럭무럭 나를 키우는 것과 동시에 나 자신을 키우는 일도 병행하는 것이다. 누가? 바로 내가. 바로 당신이. 똑같이 회사에서 하루의 절반을 보내더라도 더 잘 자라는 방법은 분명히 있으니까.

바로 이 지점에서 이 책을 쓰기 시작했다. 회사를 다니며 나는 카피라이터였다가 팀장 격인 크리에이티브 디렉터Creative Director가 되었고, 틈틈이 글을 쓰다 보니 책을 몇 권 낸 작가가 되기도 했다. 자세히 들여다보면 허술한 구멍이 한두 개가 아니고, 속사정을 알고 나면 그렇게 대단한 일은 아닐지도 모르지만, 어쨌거나 여기까지 왔다. 어떻게 그럴 수 있냐고 많은 사람이 묻는다. 바쁘다고 소문난 광고회사를 다니면서 언제 글을 쓰고 또 언제 그걸 책으로 묶어 내냐는 거다. 그것을 특별한 개인의 성실함으로 돌려버릴 수도 있지만 그렇게만 생각해버리면 허무하다. 그냥 개개인의 성향 차이로 끝나버리니까. 오히려 내겐 그 성실성에 앞선 다짐이 있다. 오래된

다짐이다. 바로, 나를 키우는 것을 나의 본업으로 삼자는 다짐.

이 다짐을 지키기 위해 오늘도 회사에서는 좋은 팀장이 되기 위해 애쓴다. 좋은 팀장이 되기 위해 해야 하는 일은 명확하다. 좋은 팀 만들기. 내가 생각하는 좋은 팀이란, 팀원 각자가 자유롭게 자신의 책임을 다하고, 서로에게도 가장 든든한 동료가 되어주는 팀이다. 쓸데없는 것에 시간과 에너지를 빼앗기지 않고 중요한 일에 기꺼이 에너지를 쏟을 수 있도록, 그렇게 성공적인 결과를 낼 수 있도록 팀장이 책임을 다하는 팀이다. 내겐 좋은 팀을 만들 의무가 있다. 어쨌거나 모든 팀장은 팀장이기 전에 그 팀의 일원이니까. 좋은 팀에서 일하게 된다면 팀원들은 물론 팀장에게도 좋은 일이 아닐 수 없다는 생각이다.

좋은 팀에서 하루의 절반을 즐겁게 일하고 나서 회사 밖으로 나오면? 이 책이 증명하는 것처럼 작가로서의 나를 키우고 있다. 이것은 온전히 나로 이루어진 일이다. 회사를 다니면서도 책을 꾸준히 내는 걸 보면, 이 일에 있어서 나는 유난히 혹독한 고용주이며 동시에 너무나도 고분고분한 직원인 셈이다. 꾸준히 글을 쓰고, 꾸준히 책으로 묶어 낸다. 어떻게 그럴 수 있냐 하겠지만 나로서는 그럴 수밖에 없다. 회사를 다니는 시간이 끝나도 내가 좋아하는 일을 계속 해나가기 위해서는 작가로서의 나를 키우는 일에 진심일 수밖에.

이 책은 대단한 성공을 이루는 법에 대해서 말하는 책은 아니다. 회사에서의 내 일로 매일을 건너가고, 혼자만의 일을 하며 내일로 건너가기 위해 애쓰는 한 사람의 분투기로 보는 것이 정확할 것이다. '회사에서의 나'와 '작가로서의 나'를 동시에 키우기 위해 내가 알아낸 노하우들이 누군가의 매일에 도움이 된다면 더없이 기쁠 것 같다. 적어도 나는 이렇게 나를 키우며 내일로 건너가고 있다.

물론 그건 나 혼자 한 일이 결코 아니었다. 이 책만 놓고 봐도 벌써 나와 네 번째 책 호흡을 맞춘 김혜영 에디터, 오랫동안 우리 팀에서 일하다 이 책의 그림 작가의 일까지 도맡아준 홍세진 아트디렉터, 두 명의 도움이 아니었다면 불가능했을 것이다. 둘에게 각별한 감사를 전한다. 일을 하며 만난 대단한 선배들과 놀라운 후배들과 고마운 동료들이 나를 이렇게 키워냈다. 그들 덕분에 오늘도 나는 오늘 치 용기를 채우며 일을 한다. 오늘 치 일 속에 오늘 치 성장이 있길 바라는 간절한 마음으로.

올해는 진짜 관둘 거예요.
진.짜.입.니.다.

얘들아, 난 퇴사가 목표란다.
퇴사하고 떠날 여행지도
생각해뒀어~~

늘 퇴사 생각뿐임!!
너네는 안 그래?

퇴사는 날 좋아할까?
난 퇴사 좋아하는데.

이번엔 진심인걸?
곧 그만둘 거야.

차례

나를 믿으며 건너가는 법

나만의 일로 건너가는 법

내 일로 매일을 건너가는 법

직업은 나의 현실적인 기반이자 매일의 환경

더 단단하고 쾌적하게 만드는 것이 중요했다

팀장으로 이직했습니다

사원, 대리, 차장, 부장까지는 진급이었다. 진급할 때마다 새 명함이 나왔고, 책상 앞 이름표가 바뀌었다. 일주일 정도 곳곳에서 축하한다는 이야기를 들었고, 솔직히 그렇게 축하할 일은 아니라고 생각했다. 같은 자리에 앉아서 같은 일을 하는걸. 물론 말의 무게가 조금씩 달라지고, 처리해야 하는 일의 범위가 달라졌지만 그건 진급의 문제라기보다는 시간의 문제라고 생각했다. 그러던 어느 날, 팀장으로 발령받았다.

팀장이 되어야 할까 말아야 할까 생각한 적이 있다. 나뿐만이 아니라 모든 팀원들이 한 번쯤 그 생각을 거쳐간다. 매일 눈앞에 보이는 팀장을 보며, 팀장이 하는 일을 보며, 내 능력을 가늠해보는 것이다. 나는 저 정도의 의사 결정을 내릴 능력이 있는 사람인가. 저 정도의 일을 컨트롤할 수 있는 사람인가. 나는 좋은 팀장이 될 수 있을까. 설마 내가 팀장이 되면 우리 팀은 대환장 파티가 되는 게 아닐까. 나와 같이 일하는 팀원들의 기분은 어떨까. 상상은 꼬리를 문다. 어떤 순간에는 내 잠재력이 팀장을 뛰어넘을 것만 같고, 어떤 순간에는 간이 콩알만 해지며 숨고만 싶어진다. 팀장은 무슨 팀장이야. 어쩌면 평생 팀원으로 남는 게 좋을지도 몰라. 그리고 광고회사에는 전설처럼 전해지는 이야기가 있었다. 일본 광고회사에는 평생 팀장 자리를 고사하고 카피라이터로 남은 사람이 있대. 60이 넘어서도 그 사람은 전설적인 카피라이터로 일했지 뭐야.

광고회사 제작팀은 카피라이터와 아트디렉터로 구성된다. 글을 담당하는 사람, 그리고 그림을 담당하는 사람이다. 그리고 그들 중 소수는 팀장이 되며 크리에이티브 디렉터라는 직함을 달게 된다. 그야말로 크리에이티브 전반을 관리하는 사람이 되는 것이다. 내가 팀장 능력이 있는 사람인지 아닌지도 알지 못한 채 나는 크리에이티브 디렉터가 되었다. 언제 회사를 그만둬야 할까 늘 생각했는데, 팀장이 되어버렸으니 그 생각을 '해보고 아니면 그만두면 되지 뭐'라는 담대함으로 바꿔야만 했다. 어차피 그만둘 생각이었으니, 용기를 가지고 팀장 역할을 해보기로 했다. 이번 기회에 확실히 판가름이 날 터였다.

다 덤벼! 라는 심정으로 두 눈을 부릅뜨고, 주먹을 불끈 쥐고 팀장 역할에 임했지만 곧바로 당혹스러움이 찾아왔다. 가장 당혹스러웠던 점은, 팀장의 역할이 내 적성에 잘 맞는다는 점이었다. 이 사실에 당혹스러워하는 사람은 나뿐이라는 사실도 나를 당혹스럽게 했다. 모두가 그럴 줄 알았다, 라는 반응이었다. 뭐야? 나만 몰랐던 거야?

나라고 아예 모를 리가 없었다. 나는 나를 냉정하게 바라보는 사람이니까. 나를 면밀히 관찰하는 사람이니까. 카피라이터로 12년을 살았지만 나는 카피 쓰는 걸 좋아하는 사람은 아니었다. 아이디어 내는 걸 즐거워하는 유의 사람도 아니었다. 하지만 카피를 쓰고 아이디어를 내는 건 카피라이터의 주 업무. 좋아하는 일이 아니었지만 동시에 잘하지 않으면 안 되는 일이었다. 카피라이터면서 아이디어도 제대로 못 내고 카피도 제대로 못 쓰는 사람이 되고 싶은 생각은 추호도 없었다. 이건 내 일이니까. 취미가 아니라 일. 돈을 쓰면서 하는 일이 아니라 돈을 받으면서 하는 일. 그러니 잘하지 않을 도리가 없었다. 끝없이 노력할 수밖에 없었다. 누구에겐들 아이디어 내는 일이 쉽겠냐만은 유독 그 일을 즐기는 동료들이 많았다.

그런 동료들이 부러웠지만 부럽다고 해서 좋아하는 능력까지 가질 수는 없었다. 그건 내 영역이 아니었다.

대신 내 영역이 있었다. 좋아하고, 쉽게 잘할 수 있는 일. 바로 정리였다. 오랫동안 나의 팀장님(《책은 도끼다》와 《여덟 단어》 등을 쓰신 박웅현 작가님. 이 책 전반에 계속 등장하는 '팀장님'은 모두 이 분을 말한다)을 보며 감탄했다. 이렇게나 산발적인 아이디어가 회의실에 잔뜩 쌓여 있고, 이렇게나 각기 다른 생각들이 저마다의 목소리를 높이는데, 팀장님은 매번 놀랍게 정리했다. 마치 정해진 뱃길이 있는 것처럼 팀장님의 말이 회의실을 갈랐다. 그 말이 지나간 자리에는 우리들의 산발적인 아이디어들이 그물에 걸려 펄떡이고 있었다. 나는 매번 탄복하며 배웠다. 그 시간이 길어지다 보니 어느새 나에게도 보였다. 아이디어들 사이로 난 길이 미세하게. 그 길이 종종 결정적인 방향이 되었다. 회의실 안에서 내 목소리에 힘이 실렸다. 나의 정리력은 조금씩 더 강해져갔다.

정리력은 회의실 안에서만 유용한 것이 아니었다. 우리 아이디어를 정리해서 광고주 앞에서 발표를 해야 할 때도 유용했다. 그땐 정리력만큼이나 강력한 나의 책임감이 힘을 발휘했다. 오랫동안 우리 팀 사람들이 노력해서 완성한 아이디어, 그 아이디어를 잘 설명할 책임이 나에게 있었다. 팀장님과 광고주들을 앞에 두고 나는 자주 프레젠테이션을 했다. 자주 했다는 이야기는, 잘할 기회도 실패할 기회도 그만큼 많이 주어졌다는 뜻이다. 점점 나는 어떤 프레젠테이션 앞에서도 떨지 않는 사람이 되어가고 있었다.

정리력과 책임감. 나에게는 당연한 이 능력이 나만의 강점으로 변모하는 순간이 찾아왔으니, 그것이 바로 팀장이 되는 순간이었다. 팀장으로서 나는 더 이상 아이디어에 스트레스를 받거나, 카피 한 줄로 내 능력을 가늠하지 않아도 되었다. 회의시간에 팀원들이 가지고 온 좋은 아이디어들을 탁탁 끄집어내서 정리를 하는 것이 나의 일이었다. 팀원들이 써온 카피들을 놓고 더 좋게 만들 수 없을지 같이 고민하고 결정하는 것이 나의 일이었다. 물론 그렇게 정리한 아이디어를 기획팀과 공유하고, 광고주 앞에서 프레젠테이션을 하고, 책임지는 일까지 모두 나의 일이었다. 그건 내게 그다지 어려운 일이 아니었다. 그때쯤부터였다. 나는 더 이상 퇴사 이야기를 하지 않게 되었다. 마침내 내게 딱 맞는 직업으로 이직을 했으니까.

팀장으로 이직. 진급이 아니라 이직. 해야 하는 일도, 발휘해야 하는 능력도, 신경 써야 할 것도, 나를 평가하는 사람도, 나에게 기대하는 역할도, 모두 다 달라졌다. 물론 나의 마음가짐도 달라졌다. 이것이 이직이 아니라면 무엇이 이직이겠는가. 내가 속한 회사는 그대로였지만 나는 전혀 다른 회사를 다니는 기분이었다. 그리고 이 회사는 그전의 회사보다 나에게 훨씬 잘 맞았다.

"어쩌죠?"

"왜?"

"저 언제 회사 그만둘 수 있을까요? 이렇게 팀장 일이 재미있어서야 원, 못 그만두면 어쩌죠?"

평생 나의 퇴사 노래를 들어온 나의 오랜 팀장님은 빙긋 웃었다. 그리고 건배를 하시며 한마디를 하셨다.

"Life itself will let you know."(인생이 알려줄 거야.)

너무 애쓰지 말고, 재미가 있으면 재미있는 대로 강물에 몸을 맡기는 거야. 그게 아니라면 그건 그때 또 생각하면 되는 거지. 그러다 어떤 강둑에 도착하게 되면 그때 또 거기서 답을 찾아보면 되는 거지. 지금 모든 답을 다 알려고 애쓰지 마. 인생이 알려줄 거야.

안타깝게도 그 후에 인생이 내게 알려준 건 팀장 역할이 그렇게 만만하지만은 않다는 사실이었다. 정리하고 책임지는 것만으로 팀장의 역할이 끝나는 게 아니었다. 내 능력에 이 역할이 버거워서 몇 번이나 도망칠까 생각했다. 잊어버리자 생각하다가도 새벽에 깨서 뜬눈으로 고민하는 날들이 잦아졌다. 팀원들 볼 면목이 없어서, 이 유능한 친구들을 내 밑에 잡아두고 뭐하는 짓인가 자책하는 날들도 많았다. 그럼에도 불구하고 부인할 수는 없었다. 팀장으로의 이직이 꽤나 나에게 잘 맞는다는 사실을. 어렵지만, 힘들었지만, 세상에 안 어려운 일이 어디 있겠는가.

그렇다면 이제 고민은 다음 챕터로 넘겨졌다. 나는 어떤 팀장이 되어야 할까? 글쎄. 나는 내 방식대로 팀장이 되기로 했다. 나의 원칙에 부합하는 팀장이 되기 위해 노력하기로 했다. 《90년생이 온다》라는 책도 있지만, 팀장의 영역에서라면 '80년생 팀장이 온다'라고 내가 외쳐야 할 것 같았다. 이전 세대의 팀장들과는 다르고 싶었다. 일이 중요하지만 나도 중요했다. 일에서의 성공만큼이나 내 일상 속에서의 행복이 중요했다. 나에겐 '회사에서의 나'를 키우는 일도 중요했지만, 회사가 없을 때의 '나'를 키우는 일도 못지않은 과제였다. 이 과제들에 충실하다 보면 다른 팀장이 될 수도 있지 않을까?

답은 정해져 있지 않았다. 그럼 내가 직접 찾아보는 수밖에.

거리 좀 유지해주세요

또 새벽 세 시다. 또 눈이 번쩍 떠졌다. 눈을 감고 다시 잠을 청해 보려 하지만 쉽지 않다. 노력할수록 정신은 더 또렷해진다. 어제 께름칙했던 문제가 마음속에 두둥 떠오른다.

'이렇게 말했어야 했어. 그 부분이 문제가 있는 것처럼 보이지만 사실 그건 문제가 아니라 그 일의 특성인데. 그 부분을 어떻게 설득해야 할까. 우선 전제조건을 다시 한 번 상기시키고, 우리가 결정한 아이디어를 다시 한 번 설명하고…'

한번 생각이 시작되면 멈추지 않는다. 두 시간 동안 머릿속으로 메일을 고쳐 쓸 때도 있고, 오늘 클라이언트 대표를 만나서 꼭 설득하고 싶은 말을 정리하고 또 정리할 때도 있다. 어제 잘 풀리지 않았던 문제가 새벽 세 시에 눈이 번뜩 떠지면서 같이 풀릴 때도 있다. 그건 정말로 좋은 일이지만, 문제는 왜 하필 새벽 세 시냐는 거다. 몇 시간 후면 일어나서 출근해야 하는데, 오늘은 오늘의 일들이 또 산더미처럼 기다리고 있는데, 그러려면 지금 자야 하는데. 애달픈 내 마음과는 별개로 잠은 이미 저만치 달아났다.

살면서 이런 적은 없었다. 평생 누우면 바로 잠들었고, 아침이면 1초 만에 벌떡 일어났다. 나의 잠자는 능력은 신통방통한 구석이 있어서 친구들은 내가 잠에 빠져드는 속도에 탄복을 금치 못했고, 아무리 시끄러워도 깨지 않는 능력엔 부러움을 퍼부었다. 심지어 낮에 조금 피곤하다 싶으면 회사 책상이든 택시 안이든 바로 잠들었고 10분도 안 되어서 번쩍 눈을 뜨고 100퍼센트 충전된 모습을 보였다. 그렇다. 나는 그야말로 공인된 잠신이었다. 이걸 과거형으로 쓰는 까닭은 그 능력의 상당 부분을 팀장이 되고 난 후에 잃어버렸기 때문이다.

팀장 일이 나와 잘 맞다고 생각했기에, 그리고 일과 거리를 잘 유지하고 있다고 자부하고 있었기에 이 상황은 더욱 난감했다. 현실의 나는 일과 사생활을 분리하고 있었지만, 나의 무의식은 아직 그 사실을 모르고 있는 게 틀림없었다. 퇴근 후에도, 잠든 이후에도 무의식은 계속 일을 하다가 새벽 세 시에 나를 눈치 없이 깨웠다. '낮에 이게 문제였지? 설마 잊고 있는 건 아니지?' 이런 말을 하며 깨울 때도 있고, '답을 찾았어! 일어나 봐'라며 호들갑을 떨며 깨울 때도 있고.

물론 지금껏 어느 정도 무의식을 훈련한 부분이 있긴 했다. 내일 회의를 위한 아이디어가 없다고 해서, 카피가 아직 안 써졌다고 해서 매일 야근을 할 수는 없는 일이었다. 그래서 회사를 다니는 내내 머리 어느 구석에는 회사 일을 집어넣고 퇴근을 했다. 그럼 남편과 술을 먹다가도 카피가 떠올랐고, 샤워를 하거나 산책을 하다가도 아이디어가 생각났고, 특히 회의시간이 코앞에 다가온 아침 지하철 안에서 아이디어가 많이 생각났다(회의가 이렇게 무서운 겁니다. 여러분). 의식적으로 아이디어를 내야겠다고 책상 앞에 앉아 있으면 하나도 생각나지 않는 아이디어가 딴짓을 하다 보면 문득문득 생각나는 것은 아마도 아이디어의 성질이 그러하기 때문일 테고, 내 의식은 그 사실을 알기 때문에 은근슬쩍 무의식에게 일을 미뤄두곤 했는데, 그 버릇이 팀장이 된 후까지 이어지면서 새벽 세 시의 기상으로 나를 괴롭히게 된 것이었다.

새벽 세 시의 기상 정도는 약과일까. 이 정도는 참고 넘겨야 하는 걸까. 팀장이 된 친구들의 증상은 하나같이 심각했다. 번아웃은 기본. 공황장애는 연예인들만 걸리는 건 줄 알았는데 팀장이 된 친구들도 여럿 그 증상을 보였다. 지하철 안에서 자기도 모르게 쓰러져버렸다고 털어놓는 사람도 있었다. 스트레스가 극도로 심해지는 순간이 되면 갑자기 귀가 안 들린다는 무서운 이야기를 하는 사람도 있었다. 병원에서는 딱히 원인을 못 찾아내는 경우가 많았다. 아니, 높은 확률로 모두가 스트레스를 지목했다. 나는 덜컥 겁이 났다. 다행히 아직 심각한 병이 찾아오진 않았지만, 새벽 세 시는 무의식이 보내는 또 다른 신호일 수도 있었다. 힘들다고. 스트레스가 너무 심하다고. 이대로 내버려두면 큰일이라고.

신입사원 때부터 주구장창 말해오지 않았던가. 이 일이 내 인생에 훌륭한 수단이 되었으면 좋겠다고. 회사원이 아니라 광고인이라고 힘주어 말하는 동료들과 선배들을 보면서도 나는 속으로 되뇌지 않았던가. 나는 회사원이라고. 회사원이 아니라 광고인이라고 말하는 자의식 속에는 회사원이 얼마나 치열하게 일하는지에 대한 몰이해가 깔려 있는 것 같았고, 광고인이라는 약간은 비대한 자의식이 더해진 것만 같았다. 하지만 회사원이기 때문에 광고를 더 잘할 수도 있다고 생각했다. 윤여정 씨도 말하지 않았던가. 자신은 예술가가 아니라 직업인이라고. 그래서 대사 한 줄도 절박하게 씹어 삼켜서 연기해야만 했다고. 성실하게. 완벽하게. 이 일은 내 직업이니까.

다시 원점에 섰다. 이 일이 내 인생의 훌륭한 수단이 되어야 한다는 그 마음가짐에는 변함이 없었다. 그만둘 때 그만두더라도 하는 동안에는 덜 괴롭고 더 행복했으면 좋겠다는 그 바람도 변함이 없었다. 지쳐서, 타의로 그만두고 싶지 않았다. 그렇다면 새벽 세 시에 나를 깨우는 이 마음을 내가 다스려야 했다. 누군가는 운동을 권했고, 누군가는 명상을 권했다. 나는 나에게 제일 적합한 방법을 찾기로 했다. 바로 말하기. 무의식에 쌓이기도 전에 말해서 풀어버리기.

사람 만나는 걸 즐기지 않고, 수다 떠는 걸 피곤해하는 나에게 예외의 대상은 있다. 바로 남편과 팀 사람들. 팀 사람들은 나와 하루 아홉 시간을 꼬박 보내는 사람들이고, 남편은 그 나머지 대부분의 시간을 같이 보내는 사람이었다. 그들에게 이야기를 하면 되는 거였다. 팀 사람들에겐 작은 고민이라도 생길 때마다 툭툭 말했다. 그럼 팀 사람들이 별일 아니라는 듯이 답을 탁탁 찾아줬다. 뭐 별일 아닌데요? 그리고 조금 고민이 필요한 일은 나 혼자 너무 끙끙 안고 있기보다 팀원들을 잠깐이라도 불러 모아서 함께 이야기했다. 한 명의 머리가 한 개의 문제를 겨우 풀 때에, 여럿의 머리가 합쳐지면 금세 문제도 풀고 어느새 희망의 땅에도 당도해 있곤 했다. 그럼 집에 가서 남편과는 오늘 있었던 일들을 안주 삼아 저녁을 먹으면 되는 일이었다. 물론 반대 순서도 충분히 가능하고. 남편과 오래 대화해서 얻은 답을 다음 날 팀원들과 점심을 먹으면서 공유하는 날도 많았다.

그럼 팀 사람들이 부담스러워하지 않냐고? 글쎄. 한번은 무례한 사람과의 미팅을 마치고 나오면서 꽉 차버린 스트레스를 팀 사람들에게 털어놓았다.

"아니 진짜 어떻게 저래? 아까 그 태도 봤어? 무슨 말을 그따위로 해. 아 진짜, 내가 가만히 안 있으려다가 너네 보고 참았어. 그 사람 팀원 표정 봤어? 어휴, 팀장이 그따위면 부끄러워서 어떻게 일해. 내가 말을 말아야지. 휴. (크게 한숨) 이딴 일로 화낼 수는 없지. 화 안 낼 거야."

"…화 다 내신 거 같은데요?"

팀원들은 딱 한마디만 남기고 타박타박 가던 길을 계속 갔다. 피식피식 웃으며 나는 팀원들을 졸졸 따라갔다. 나쁜 것들. 팀장 어려운 줄도 모르고 꼭 저렇게 바른 말만 하지.

이렇게 순간순간 문제를 비워내도 또 심각한 문제가 있으면 새벽 세 시에 어김없이 눈이 떠지는 걸 안다. 이제는 다시 자려고 애쓰는 대신 마음의 응어리를 살살 풀어본다. 뭐가 문제였니. 그게 이 정도로 부담스러운 일이었니. 자, 그럼 어떻게 풀어볼까. 그렇게 나에게 닥친 팀장의 어려움을 새벽 세 시에 혼자 앉아서 풀곤 하는 날들이 있다. 하지만 이건 혼자만의 어려움은 아니다. 아침이 밝으면 그 문제를 같이 풀어주는, 간밤에 푼 내가 푼 문제의 답이 맞다고 말해 주는, 나에게 용기를 주는 팀원들이 있다. 우선은 그들 뒤를 졸졸 따라가볼 생각이다. 적당히 거리를 유지하면서. 일과 나 사이에 유지하고 싶은 딱 그만큼의 거리를 두고.

팀장은 좋겠다.

팀장님~!
내일 PT 파이팅!!!
비록 영어 PT지만
믿고 있습니다!
그럼 전 정시퇴근을
하겠습니다요오~~
내일 오전 PT…
오늘 숙면은 포기야…

팀장은

싫겠다.

계획대로 되는 건 하나도 없지만

처음부터 이렇게 오래 회사에 다닐 계획은 없었다. 맹세코 없었다. 처음엔 평생 철학 공부에 매진할 생각이었다. 전공인 철학 공부가 재미있었으니까. 덕분에 시험기간이 아닐 때에도 늘 도서관에만 있었으니까. 교수님을 찾아가서 대학원 수업을 미리 청강할 수 없냐고 여쭤보던 학생이었다. 엄마에게 울면서 편지를 써서, 집이 어렵다는 건 알지만 나는 공부를 하고 싶다고, 돈은 어떻게든 내가 해결하겠다고 털어놓던 딸이었다. 어떻게 공부를 그렇게나 좋아할 수 있냐고 생각하겠지만, 세상엔 다양한 유형의 인간이 존재하는 법이니까. 희귀한 인간이 바로 나일 수도 있는 거니까, 뭐. 어쨌거나 멀쩡히 모범생으로 잘 살아가던 대학교 4학년 여름방학. 갑자기 머리를 스친 생각이 있었다.

'잠깐만… 지금 이대로 철학과 대학원에 진학을 하면… 평생 직장이라는 걸 못 다녀보겠네?'

직장 경험이 꼭 있어야 한다고 생각한 적은 없지만, 한번 들어온 생각은 도무지 빠져나갈 줄을 몰랐다. 직장을 한번 다녀보자. 딱 3년만 다니다가 다시 학교로 돌아와 공부는 계속 이어나가면 되는 거다. 나는 급하게 인생 계획을 수정했다. 치밀한 계획주의자답게 이런저런 변수까지 생각해서 총 네 가지 대안 계획들을 세웠다. 3년간 회사 다니며 유학을 준비하는 계획, 3년간 다닌 후에 대학원에 입학하는 계획, 또 어떤 계획이 있었더라? 그게 어떤 계획이었든 간에, 다 쓸모없는 걸로 판명났다. 왜냐하면 네 가지 계획 모두 공중분해되었고, 나는 19년째 회사를 다니고 있으니까. 참고로 말하자면 '계속 회사를 다닌다'라는 계획은 어디에도 없었다.

막상 취직하기로 마음을 먹었지만, 어떤 회사가 나에게 어울릴지 알 수 없었다. 물론 어떤 회사가 철학 전공의 나를 받아줄지도 알 수 없었지만. 객관적으로 나를 바라볼 필요가 있었다. 오래전처럼. 중고등학교 시절, 사범대에 가라는 권유 앞에서 나는 나의 문제적 편향을 생각했다. 좋고 싫음이 너무 명확한 이 마음. 특히 사람 앞에서 잘 발휘되는 이 마음. 객관적으로 판단할 때 나는 극소수의 학생만 편애하는 선생님이 될 것 같았다. 결국 사범대 포기. 의대에 가라는 권유 앞에서 나는 나의 모자라는 성적과 그보다 더 경이롭게 모자라는 암기력을 떠올렸다. 의대도 포기. 공부는 좋아하니까, 그럼 가장 근본이 되는 공부를 하기로 마음먹었다. 철학과로 결정. 오래전부터 나는 자기 객관화가 잘되는 유형의 사람이었으니, 취직 전 다시 그 능력을 되살려보기로 했다.

1. 나에게 특출한 재능이 있는가?

- 없다.

2. 나에게 남들보다 조금 나은 능력이 있는가?

- 아마도 독서력과 문장력. 대학교에 와서 책 읽기에 재미를 붙였고, 자연스럽게 글 쓰는 습관도 붙었다.

3. 그 능력을 증명할 방법은 있는가?

- 없다. 등단을 한 것도 아니고, 완성한 소설이 있는 것도 아니다.

4. 특별한 관심사가 있는가?

- 그림에 관심이 많음. 유럽 여행도 미술관을 목적지로 잡고 다녀옴. 영화에도 관심이 많음. 영화관에서 미개봉작 모니터링 멤버로도 활동함. 음악도 좋아함. 엄마가 피아노 선생님이라 평생 음악은 환경이었음.

5. 그걸 능력이라 할 수 있는가?

- 힘들 것 같다. 그림, 영화, 음악을 좋아하는 사람들이 한둘도 아니고.

6. 나의 얕은 능력, 관심사가 힘이 되는 직업이 있는가?

그런 직업이 있나? 가만 보자… 내가 아는 직업이 몇 개나 되지? 손에 꼽을 만큼 적었다. 그 몇 개 안 되는 직업 중에서 내게 어울리는 걸 꼽는 건, 내 능력 밖의 일이었다. 그때 나는 오래전 나를 스쳐 지나간 꿈 하나를 떠올렸다. 광고 카피라이터. 카피라이터라면 나의 모든 얕은 능력을 다 발휘할 수 있지 않을까? 광고 한 편만 봐도 거기에는 글도 있고 그림도 있고 음악도 있었으니. 생각이 거기에 이르자 갑자기 중학교 때 스쳐 지나간 꿈이 절실해졌다. 하지만 카피라이터를 뽑는 회사는 겨우 세 군데였다. 거기서 떨어지면 갈 곳이 없었다. 불안감에 더 많은 회사에 지원서를 냈다. 내다 보니 어느새 50군데에 지원서를 낸 사람이 되어 있었다. 하지만 연락 오는 곳은 없었다. 단 한 군데도. 매일 울면서 매일 다른 자기소개서를 쓰는데 이럴 수가 있는 건가. 결국 몇 개월 만에 나를 면접에 불러준 곳은 작은 제과회사 영업직이었다.

정장을 입고 면접을 보러 갔다. 비슷한 또래의 우리가 어색한 양복을 입고 쭉 앉아 있었다. 면접관 중 한 명이 물었다.

"만약에 집 앞 슈퍼에 갔는데, 우리 회사 아이스크림이 제일 바닥에 깔려 있으면 어떻게 하실 건가요?"

한 친구가 손을 들었다. 유창한 답변을 했다. 또 다른 친구가 손을 들었다. 그녀의 답도 패기가 넘쳤다. 그리고 나는, 나는… 내가 그 질문에 아무런 관심이 없다는 걸 깨달았다. 그다음 질문들도 모두 나에게 어떤 타격감도 주지 못하고 흘러갔다. 당연했다. 어떤 회사라도 붙어야 할 것 같아서 나의 관심사나 지난 시간과 아무 상관없는 곳에 마구잡이로 지원했으니까. 나의 조바심이 만들어낸 자리였다. 내가 과거의 나를 믿어주지 못해서, 이력서에 쓸 만한 한 줄조차 만들어내지 못한 나를 미워하다가 생겨난 결과였다.

그곳을 나오며 마음을 다잡았다. 이력서에 쓸 만한 한 줄은 없지만, 대학 4년을 누구보다 열심히 살았다. 끝없이 책을 읽었고, 끝없이 글을 썼고, 공부를 열심히 했다. 아무도 모르지만, 나는 그 사실을 알았다. 그런 나를 믿어줄 사람이 없다면, 나라도 나를 믿어줘야 했다. 내가 나를 믿는다. 다름 아닌 내가, 끝까지 나를, 기어이 믿어준다. 이 문장을 꼭꼭 씹으며 눈물을 쓱쓱 닦으며 다시 구직 사이트 앞에 앉았다. 이름도 처음 듣는 작은 회사가 눈에 띄었다. '영상 제작'이라는 말 때문이었다. 무턱대고 그곳에 지원을 했다. 카피라이터 꿈에 그나마 가까워 보였으니까. 그 회사가 나를 뽑아주었고, 나는 당장 출근했다. 대안이 없었다. 오직 그곳만이 나에게 합격이라는 단어를 안겨주었으니까. 인력난에 허덕이는 무척이나 작은 회사였고, 덕분에 퇴근 시간이 없는 회사였다. 48시간당 한 번씩 퇴근하며 일을 했다. 그렇게 한 달을 살면 금요일 밤에 잠들어서 일요일 밤에 깨는 일도 겪게 된다. 1년을 버텼다. 그러자 계속 이렇게 살면 죽는 거 아닐까 걱정이 밀려오기 시작했다. 그 걱정이 어느 날 나를 다시 구직 사이트 앞에 앉혔다. 그리고 그곳에서 카피라이터 신입사원 공고를 보았다.

회사에 아프다 거짓말을 하고 필기시험을 보러 갔다. 이렇게 시험 준비를 안 하고 가도 되나, 근데 카피라이터 시험 문제는 어떻게 준비하는 거지, 마음을 다 비우고 책상 앞에 앉았다. 근데 이상하게 거의 다 내가 아는 문제였다. 신나게 쓰고 나와서 합격 통보를 받았다. 200 대 1의 경쟁률이었다. 박웅현 팀장님이 그 시험 문제를 내고, 직접 채점해서, 나를 뽑았다는 건 나중에 안 사실이다. 그가 '광고에 대해서는 백지일지라도, 다른 것들에 대해서는 다양하게 많이 아는 사람'이라는 기준으로 나를 뽑았다는 것도 나중에 안 사실이다. 입사한 지 3주 후 팀장님은 "너랑 잘 맞는 선배가 올 거야"라는 말을 했는데 그때 내 앞에 나타난 사람이 김하나 선배(나의 카피라이터 선배이며 후에 《여자 둘이 살고 있습니다》와 《말하기를 말하기》를 쓴 작가가 되어 다방면으로 활동 중이다)였다. 팀장이 박웅현이고 선배가 김하나라니. 나는 내 운의 상당 부분을 그때 다 썼다고 아직도 믿고 있다.

나는 매일 꿈꾸는 것 같았다. 부끄러움도 모르고 행복하다는 이야기를 선배 앞에서 수시로 했다. 행복하지 않을 도리가 없었다. 함께 회사 생활을 하는 사람들이 매 순간 내게 새로운 문을 열어서 있는 줄도 몰랐던 세상을 보여주었으니까. 그런 즐거움이 있는 줄도 몰랐고, 그런 맛이 있는 줄도 몰랐다. 좋은 날씨에 야외에서 마시는 맥주 맛도 그때 알았고, 재즈 연주자들 바로 앞에서 한 방울 삼키는 위스키의 맛도 그때 처음 알았다. 무엇보다, 좋은 카피를 곱씹으면 마음 어딘가에서 귀뚜라미가 찌르르르 울며 시원한 여름 바람이 지나간다는 것도 그때 알았고, 좋은 아이디어를 만나면 머리 꼭대기까지 얼얼해지며 마음이 벌판처럼 웅장해진다는 것도 그때 처음 알았다. 이곳에 머물고 싶었다. 이 사람들 곁에 계속 머물고 싶었다. 내가 그럴 수 있을까? 과연 내가?

처음 겪는 세상은 그뿐만이 아니었다. 나는 돈이 가능하게 해주는 그 모든 세상에 놀라고 있었다. 실은 내가 회사를 오래 못 다닐 거라 생각했다. 20대 초반의 나는 우울하고, 비관적이고, 어둠 속으로 자꾸 숨는 사람이었으니까. 나 같은 인간이 회사의 밝은 형광등 아래에 적응할 리가 없다고 생각했다. 하지만 그건 돈의 힘을 몰랐을 때의 이야기다. 돈의 힘은 정말로 대단했다. 어떤 과장이나 비아냥도 없이 말 그대로, 회사원이 된 나는 돈의 위력에 놀라고 말았다.

"돈이면 다 되는 줄 알아?"

모두가 그렇게 말하니까, 나도 그런 줄로만 알았다. 사랑도, 우정도, 가족도 돈으로 살 수는 없으니까. 근데 그 별거 아닌 돈이 없어서 너무 힘들었다. 힘들다는 말을 할 수도 없었다. 친구에게도, 엄마에게도. 힘든 티를 내는 것 자체를 내 자존심이 허락하지 않았다. 그렇다고 돈 때문에 대단히 우울했다거나 뭐 그런 이야기를 하려는 건 아니다. 그땐 돈이 없는 상태가 그냥 당연했고, 거기에 연연할 여유도 없었다.

회사를 다니고 가장 놀란 것은 돈이 나의 우울까지도 치료해준다는 사실이었다. 10대와 20대 때 내 발목을 단단히 조이고 있었던 어둠은 어느 순간 희미해져 있었다. 그 어둠이 돈 때문이었다고? 그렇게 간단하게 결론을 내릴 수는 없었지만, 그 결론을 아예 부인할 수도 없었다. 가족의 다급한 목소리도, 친구 집의 사고도 나의 마이너스 통장이 진정시킬 수 있었다. 친구의 뒤늦은 도전에는 때마침 만기가 된 내 적금이 톡톡히 역할을 했다. 월급의 힘을, 매달 나오는 돈이 있다는 것의 힘을 그제야 알게 되었다. 정말 이 돈이면 해결된다고? 싶었던 일들도 그 돈이면 다 해결이 되었다. 덕분에 돈으로

다 되는 게 아니라는 말은, 돈으로 대부분의 일이 다 된다는 뜻임을 그제야 깨달을 수 있었다.

마치 돈 같은 건 중요하지 않다는 표정으로 매 순간 살았지만, 사실 돈이 중요했다. 한 달을 다니면 한 달 치 월급을 받았고 그건 한 달 치 밥과 술과 집과 버스와 영화와 데이트와 취미와 수다와 즐거움이 가능하다는 이야기였으니까. 돈을 좋아한다고 말하고 싶지는 않았지만, 누구 앞에서건 돈 이야기를 하는 건 여전히 내 취향이 아니었지만, 돈이 가능하게 만들어주는 그 모든 세계가 좋았다. 친구가 시험에 붙었을 때 회전초밥집에 데리고 갈 수 있어서 좋았고, 서점에서 책 두세 권을 아무렇지도 않게 살 수 있어서 좋았다. 남자친구에게 밥도 사고 커피도 사고 술도 살 수 있어서 좋았고, 하루에 몰아서 영화를 네 편이나 봤는데도 잔고 걱정이 없어서 좋았다. 겨우 그거냐고 말할 수도 있지만, 겨우 그게 나에겐 대단한 사치였다. 세상 사람들이 말하는 진짜 사치는 어차피 내 꿈속에 없었다. 다음 달이면 다음 달 월급이 들어오고, 그건 다음 달 치 꿈이 가능하다는 이야기였다. 놀랍도록 안전한 꿈이었다.

오직 자아실현을 위해 직업을 골랐다고 생각했다. 나의 관심사와 능력과 꿈에 꼭 맞는 직업에 도착했다고 생각했다. 하지만 동시에 직업이 주는 단단한 보상이 나를 일어서게 했다. 부인할 수 없었다. 직업은 나의 현실적인 기반이자 매일의 환경이었다. 그렇다면 이 기반을 더 단단하게 만들고, 이 환경을 나에게 더 쾌적하게 만드는 것이 중요했다. 다른 누구도 아닌 바로 내가 그 작업을 해야만 했다. 처음으로 뭔가를 오래 해보고 싶어졌다. 즐겁게 오래 벌고 싶어졌다. 일도 재미있고, 선배들도 유쾌하고, 팀장님은 유능하고, 월급은 꼬박꼬박 들어오고. 더 바랄 게 없었다. 계획은 전면 수정되었다. 자, 가보는 거다. 즐겁게 오래 벌어보자. 지금까지 모든 계획은 다 무산되었지만 이 계획만은 꼭 지키고 싶었다. 누구를 위해? 나를 위해.

여섯 시 퇴근법

"야근이 많겠어요."

"여섯 시면 보통 퇴근해요."

이 대화를 몇 번째 반복하는지 모르겠다. 도대체 몇 년째 반복하는지도 모르겠다. 신입사원 때부터 지금까지도 이 대화는 토씨 하나 안 바뀌고 영원히 되풀이되고 있다. 이 대답에 놀라는 상대의 반응도 흐르는 강물처럼 유구한 전통이다. 놀랄 만하다. 나도 신입사원 때 여섯 시 정각에 퇴근하는 선배들을 보며 어쩔 줄 몰랐다. 불과 일주일 전만 해도 예사로 새벽 두 시에 퇴근하는 작은 회사에서 1년을 버텨내고 온지라 여섯 시 퇴근 문화는 지진처럼 내 삶 전체를 뒤

흔들어놓았다. 진짜 퇴근하신다고요? 저도 가도 되나요? 신입사원인 저도 여섯 시 퇴근이라고요? 근데 이렇게 퇴근해버리면 내일 아침 회의는 어쩌나요? 다들 집에서 아이디어를 내는 건가요? 광고회사는 밤새서 아이디어 내는 곳 아닌가요? 매일 퇴근하는 선배들의 뒷모습을 보며 질문을 100개씩 삼켰다. 그렇게 질문으로 가득 찬 어린 시절을 차곡차곡 지나, 나도 이제 여섯 시 퇴근을 타협 불가능한 우리 팀 제1원칙으로 세운 사람이 되었다.

우리 팀으로 발령 난 친구들은 얼마 지나지 않아 말한다.

"팀장님, 일의 밀도가… 너무 높아요."

"바쁘다, 바쁘다, 예전 팀에서도 말했지만, 이런 식으로 바빠본 적은 없는 것 같아요."

매 순간 모두가 한마음으로 여섯 시 퇴근을 위해 전력질주하는 팀이니까 낯설 만하다. 지각변동에 익숙해지려면 그들에게도 시간이 필요하겠지. 그렇게 시간이 흐르면 이런 대화까지 오간다.

"죽을 것 같아. 우리 언제까지 이래야 되지."

"어제 친구랑 통화하다가, 일이 너무 많아서 죽을 것 같다고 그랬더니 묻더라고요. '그럼 이번 주말에도 회사 나가야겠네?' 그래서 '아니? 주말엔 출근 안 하는데?' 대답했더니 다시 묻더라고요. '그럼 매일 야근하고 있는 거야?' 그러길래 '아니? 퇴근은 여섯 시면 해.'

대답을 하고 났더니 걔는 어이없어하고, 저는 바쁜 거 진짜 맞는데 싫어서 막 억울하고."

"흐흐. 야근을 하는 것도 아닌데 여섯 시에 집에 가면 손가락 까딱할 힘도 없지?"

"맞아요. 어젠 집에 가서 그냥 바닥에 두 시간 누워 있었다니까요. 밥 먹을 기운도 없어서."

여섯 시에 퇴근을 하지만 웬만해선 평일 약속을 잡지 않는 이유다. 대부분 여섯 시가 되면 하루 치 기운을 모두 소진해버리니까. 내가 나이가 많아서, 체력이 달려서 그런 것만은 아닌 것 같다. 신입사원도 내게 말했으니까.

"팀장님, 여섯 시가 되면 기운이 하나도 없어요. 퇴근하면 무슨 영혼이 빠져나간 사람 같아요."

상태가 이 지경인데, 보고만 있을 수는 없다. 근무시간에 좀 여유롭게, 차근차근 기운을 챙겨가면서 일하며 야근을 하는 건 어떨까, 라고 팀원들에게 묻는다면 모두 똑같은 대답을 할 것이다.

"팀장님, 이상한 생각할 시간에 일이라도 하나 더 하세요. 얼른요."

여섯 시 퇴근을 포기할 수 없는 우리는 매일 여섯 시를 데드라인으로 설정하고, 하루 일과 곳곳에 일을 잘게 쪼개 밀어 넣는다. 어떤 날에는 회의가 일고여덟 개씩 잡히기도 하고, 어떤 날에는 10분짜리 회의가 촘촘히 줄을 선다. 저녁 미팅을 요청하는 사람이 있다면, 스케줄표를 꼼꼼히 분석하며 20분이라도 틈이 나는지 체크를 해서 일과 중으로 미팅을 다시 잡고, 새롭게 생긴 스케줄 때문에 기존 일들에 지장이 가지 않도록 각자 다시 일을 배열하고 실행하고 정리하고 보내고 한숨 한 번 쉬고 또 바로 다음 일로 뛰어든다. 10분씩 밀린 회의가, 늦어진 판단이, 안일한 피드백이 야근이 되어 돌아오는 일의 나비효과를 모두 아는 까닭이다. 일과 중에 조금이라도 타협하면 어김없이 야근이다. 팀의 모두가 여섯 시를 불문율로 마음에 새기고, 매 순간 정신을 바짝 차리며 일하지 않을 도리가 없다. 한 회사의 사훈 공모전에서 1등을 했다는 문구는 우리 팀의 태도를 단적으로 보여준다(내 책상 옆에도 붙여놓았다).

日職集愛 可高拾多 (일직집애 가고십다)

하루 업무에 애정을 모아야 능률도 오르고 얻는 것도 많다

매 순간 일에 이토록 애정을 모아서 하며 정시퇴근을 향해 달린다. 물론 그렇게 일을 해도 불가피하게 야근을 하는 날들이 있다. 야근한 것도 억울해 죽겠는데 취객들 틈새에서 택시를 잡느라 고생하기도 하고, 자정이 넘어 몇 시간 후 다시 만나자며 지친 미소로 헤

어지는 날들도 있다. 어쩔 수 없이 주말에 출근을 하기도 하고, 퇴근을 하고 나서도 카톡으로 밤늦게까지 일을 이어 하기도 한다. 밤샘 촬영도 예삿일이고, 편집실에서 새벽까지 앉아 있다 헤어지기도 한다. 광고 일의 속성 상 피할 수 없는 일이다. 다만 그 경우에도 일에게 주도권을 빼앗기지 않도록 주의한다. 일에게 끌려가는 것이 아니라, 이 일이 제대로 돌아가게 만들기 위해서는 오늘의 야근이 필요하다는 것을 내가 결정해야만 하는 것이다. 이 일은 나의 일이고, 내 일의 주도권은 나에게 있어야만 하니까.

가끔은 옆 팀 팀장이 내게 슬쩍 알려준다.

"그 팀 사람들, 어제 늦게까지 야근하던데?"

얼마나 늦었나 걱정이 되어, 팀원들에게 물으면 대부분 이런 대답이 돌아온다.

"○○○ 다 해서 보내느라고요, 그것만 보내놓고 갔어요."

일에게 끌려 다니는 사람은 저렇게 대답할 수 없다. 그런 사람들은 일이 얼마나 힘들었는지, 자신이 얼마나 고생했는지 팀장에게 어필하는 것에 초점을 맞출 것이다. 하지만 이 대답은 다르다. 팀장이 자신의 고생을 알아주길 원하는 답이 아니라, 이런 일이 있었고 그래서 불가피했다는 담백한 대답. 그 일을 담당하는 사람의 책임감이, 일의 주도권을 누가 쥐고 있는지 고스란히 드러나는 대답.

여섯 시 퇴근의 원칙을 지킨다는 것은 일이 있는데도 여섯 시가 되었다고 무작정 퇴근한다는 것이 아니다. 그건 무책임한 거다. 여섯 시에 퇴근해야 하니까 주어진 일을 대충한다는 것도 아니다. 그건 무능력한 거다. 무책임과 무능력 없이 여섯 시에 퇴근을 하겠다는 건, 매 순간 촘촘히 날을 세우며 일하겠다는 다짐이자 태도다. 매 순간 가장 효율적인 길을 찾겠다는 태도, 그리하여 사생활의 영역에 회사 일을 침범시키지 않겠다는 태도. 내 생활의 주도권을 내가 갖겠다는 선언. 야근을 하긴 하는데, 도대체 왜 야근을 하고 있는 건지도 모르겠고, 이게 무슨 의미인지도 모르는 시간은 신입사원일 때 끝내야 한다. 내 일인데 언제 끝날지 내가 모르면 누가 알겠는가. 내 일의 주도권을 내가 가지지 않는다면 누가 가진단 말인가.

우리가 여섯 시 퇴근을 회사 생활의 가장 중요한 목표로 삼아야 하는 이유가 바로 이것이다. 이 삶이 너무 내 것이어서. 내가 이 삶의 주인이 되지 않으면 안 되어서. 일이 너무 뻔뻔하게 이 삶의 주인인 양 엉덩이를 들이미는 상황을 너무 많이 겪어서. 그렇게 슬금슬금 사적인 자아는 무너져버리고, 그곳에 일하는 자아만 떡하니 서게 된다. 하지만 그것은 허울에 불과하다는 걸 우리는 너무나도 오랫동안, 너무나도 다각도로, 너무나도 많은 사례들을 통해 봐오지 않았던가.

"요즘 일이 많아서 계속 야근이야."

라고 말하는 사람들을 가만히 들여다보라. 일견 불평하는 것처럼 보이지만, 그들은 자신들의 유능함을, 회사에 대한 충성심을 '야근'이라는 말로 대신해서 표현하는 경우가 많다. 야근처럼 손쉬운 성취감은 또 없으니까. 그 가짜 성취감에 도취되지 않아야 한다.

"나도 야근 안 하고 싶지. 근데 어쩔 수가 없어."

누군가가 이런 말을 할 때 주변은 다들 알고 있다. 어쩔 수 없는 일이 아니란 걸. 조금 안이한 논의, 조금 여유로운 일처리, 남에게 좋은 사람이고 싶어서 조금 늦어진 결정, 그 조금 조금이 모여서 오늘의 야근이 된다. 그러다 어느 순간 '어쩔 수 없음'은 내게 붙어 있는 딱지가 될 수도 있다. 알지 않는가? 야근도 맨날 하는 사람이 한다. 일이 많은 사람이 매일 야근하는 것이 아니라.

마음에 새겨야 한다. 직장인의 3대 즐거움은 월급, 점심시간, 그리고 정시퇴근이다. 앞의 둘은 회사가 챙겨주지만, 정시퇴근을 챙겨주는 회사란 없다. 정시퇴근은 내가, 아니 우리가, 모두 한마음이 되어서 쟁취해내야 하는 것이다. 여섯 시 이후에 술을 마시건 친구랑 놀건 운동을 하건 제빵을 배우건 멍하게 보내건 그건 제가 알아서 할 테니, 오늘은 이만 들어가보겠습니다, 라고 말해야 한다. 말할 수 있는 분위기여야 한다. 물론 그 분위기의 열쇠는 팀장이 쥐고 있지만, 팀장 혼자 그 분위기를 완성할 수는 없다. 각자가 여섯 시에 배수의 진을 쳐야 한다. 그리고 때가 되면 홀연히 떠나야 한다. 팀 분위기까지 내가 만드는 게 역부족이라면, 내 태도라도 모두에게 주지시키는 것도 방법이다. 저는 제 일 다 하고, 여섯 시엔 떠나겠습니다, 라는 태도를 산뜻하게, 단호하게 보여주는 것. 이것은 내가 내 삶을 주도하기 위한 최소한의 조건이니까.

11시반 밥
10시
A프로젝트
아이디어 회의
1시
B프로젝트
아이디어 회의
3시 C프로젝트
4시 A-1프로젝트
SOS
5시 시안작업
6시 퇴근시간

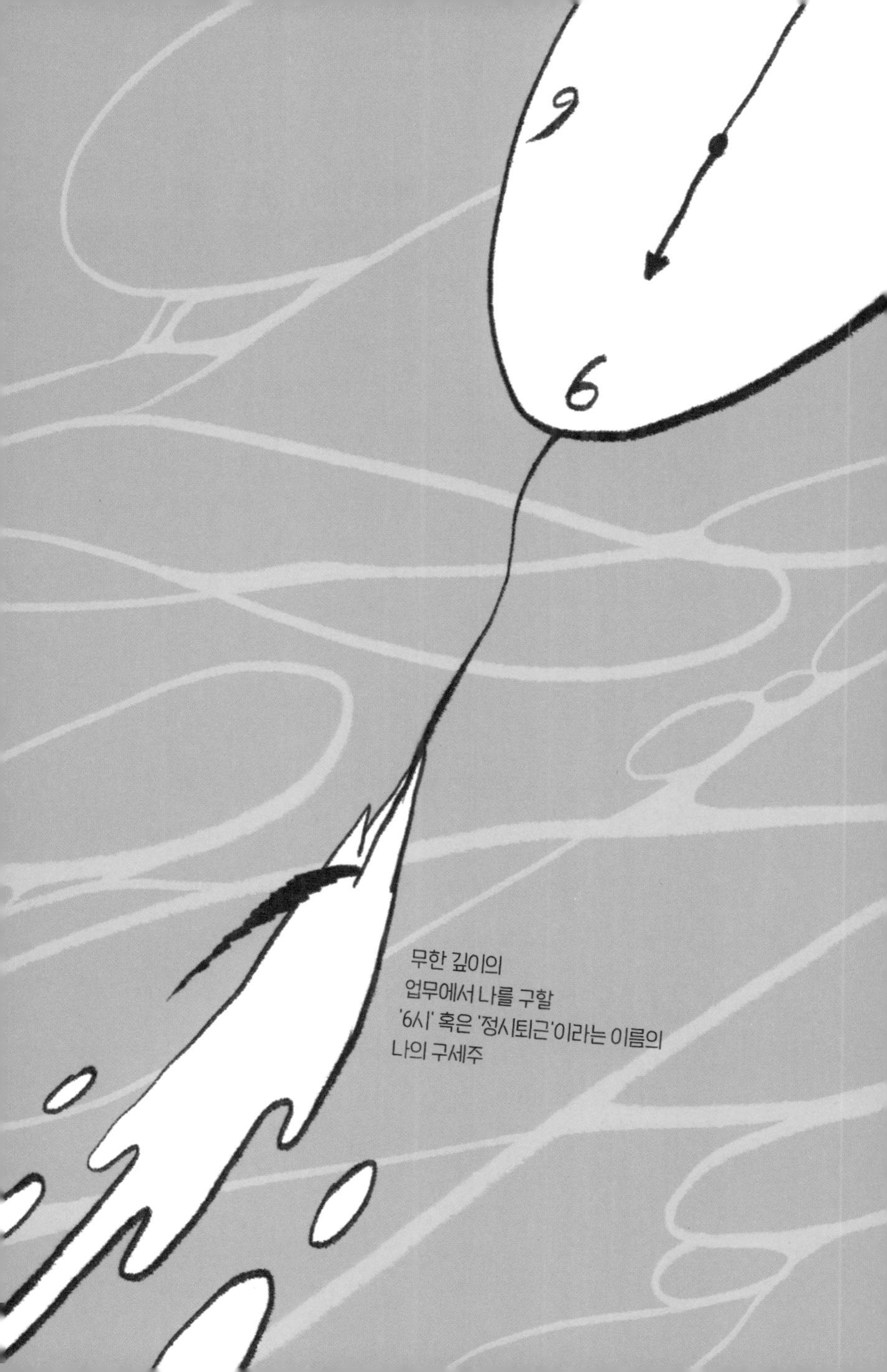

무한 깊이의
업무에서 나를 구할
'6시' 혹은 '정시퇴근'이라는 이름의
나의 구세주

일에게 주도권을 빼앗기지 않는 법

일이라는 놈은 본디 성격이 고약하고 힘이 무지막지하게 센 법이라 잠깐만 방심을 해도 일상을 확 잡아채다가 무너뜨려버린다. 가지고 있는 카드도 어찌나 많은지. '지금 당장', '반드시 내일까지', '무조건 이 일부터'라는 카드를 달고 우리 앞에 나타나서 자기부터 챙기라고 성화다. '약속은 무슨 약속, 내가 먼저지', '나를 두고 여행을 갈 수 있을 것 같아?', '오늘 밤까지 내 완성도를 좀 높여보고 싶지 않아?'라는 말을 해대며 이 귀하신 존재를 위해 야근이나 주말 출근은 당연한 게 아니냐는 식인데, 그렇게 일의 말을 다 들어주다가는 우리 몸이 남아나지 않는 법. 늘 격무에 시달릴 수밖에 없는 광고회사에서 십수 년간 일을 하다 보니, 아니 더 정확하게 말하자면 이곳에서 일에게 짓밟히지 않고 살아남으려고 애쓰다 보니, 이제는 일의 힘을 빼앗는 법을 조금 알 것도 같다. 당신도 그 비법이 필요하다고? 남다른 비법은 아니지만, 그럼 한번 소개해볼까.

'일의 인수분해'. 인수분해라는 단어 앞에서 수학은 늘 못했다며 울상 지을 필요는 없다. 좀 있어 보이고 싶어서 이렇게 이름을 붙여봤을 뿐, 그냥 일을 분해하라는 것이다. 마치 낙지 탕탕이를 만든다는 기분으로 잘게 잘게 쪼개서 일의 힘을 분산해보라. 'TV 광고 제작'이라는 일을 예로 들어볼까? TV 광고를 제작하려면 촬영을 해야 하고, 촬영을 하려면 감독을 만나야 하고, 감독을 만나려면 TV 광고를 위한 아이디어가 정리되어야 하고, 아이디어를 정리하려면 아이디어 회의를 해야 한다. TV 광고 제작이라는 거대한 일을 잘게 잘게 쪼개는 것이다(물론 실제로는 저것보다 훨씬 더 잘게 쪼갠다). 최종 목표만 보면 언제 시간 내서 어디서부터 어떻게 해야 하나 부담감만 커지지만, 잘게, 더 잘게, 그러니까 이 정도는 내가 할 수 있겠다, 라는 마음이 들 때까지 쪼갠다. 편식하는 아이에게 잘게 다진 재료를 감춰 먹이는 것처럼, 일 앞에서 부담스러운 마음이 드는 사람에게도 이 방법은 효과적이다. 당신은 이미 하고 있는 방법이라고? 당연히 그럴 거라 생각한다. 말하지 않았는가. 남다른 비법이 아니라고. 당신도 알다시피 그 어떤 거대한 일도 이 방법 앞에서는 기를 못 편다.

일을 잘게 쪼개고 난 후엔 추가 작업이 필요하다. 바로 '역산'. 우리 팀은 새로운 일이 들어오면 다 같이 모여 앉아서 달력을 보며 스케줄을 짠다. 역산의 방법으로. 이미 앞 단락에서 설명한 방식을 보고 눈치를 챈 분들도 있겠지만, 모든 스케줄은 먼 곳에서 가까이 오는 방식으로 짜야 한다. 왜? 당장 일을 시작하고 싶은 사람은 아무도 없기 때문이다. 첫 일정부터 살짝 넉넉하게 잡고 싶은 것이 인지상정. 가까운 일정부터 짜나가다 보면 뒤쪽 일정이 모자라는 사달이 난다. 그러니 반드시 역산해야 한다. 먼 일정부터 느슨하게 짜며 앞으로 오다 보면 지금 당장 일을 시작할 수밖에 없다는 걸 알게 된다. 마음의 문제가 아니라 의무의 문제로 돌입하는 것이다. 그래서 우리는 이렇게 스케줄을 짠다. TV 광고 온에어 날짜를 세워두고, 온에어를 하려면 적어도 일주일 전에는 광고주 시사를 해야 하고, 광고주 시사를 하기 위해서는 적어도 그 전날 녹음을 해야 하고, 녹음을 하려면 편집이 그 전에 끝나야 하고, 편집을 그때까지 하려면 적어도 일주일 전에는 촬영일을 잡아야 하고… 이런 식으로 계속 나아가는 것이다. 그렇게 역산하다 보면 당장 우리가 아이디어에 쓸 수 있는 시간이 나온다. 그럼 그 시간을 다시 잘게 쪼개서 세 번째 아이디어 회의를 잡고, 거기에서 역산해서 두 번째 아이디어 회의를 잡고, 또 거기서 역산해서 우리의 첫 아이디어 회의를 잡는 것이다.

물론 스케줄을 짤 때 나 때문에 팀원들이 곤란한 상황을 많이 맞이한다는 것도 알고는 있다. 스케줄을 짤 때 나는 유난히 비관주의자가 되기 때문이다. 내 머릿속의 비관주의자가 나에게 말한다. 분명 중간에 변수가 생길 거야. 이 스케줄을 뚫고 또 다른 급한 일이 들어올 거야. 뒤에 시간을 많이 확보해놓지 않는다면 나중에 곤란해질지도 몰라. 지금, 최대한 바짝 당겨서 스케줄을 잡아야 해. 이런 생각들이 계속되다 보면 결국 입에서는 이런 말이 튀어나가는 것이다.

"우리 미루지 말고, 내일 회의 한번 해볼까? 가볍게."

물론 팀원의 입장에서는 '가벼운 회의'라는 말이 결코 가볍게 들리지 않는다는 걸 알면서도 늘 저런 말을 해서 팀원들이 절레절레 고개를 젓게 만든다. 그런 일이 매번 반복되다 보니 최근에는 이런 말도 들었다.

"팀장님 MBTI는 ASAP잖아요."

"아, 맞네!"

ASAP의 성격을 가지고 있는 팀장이라, 혼자서 급하게 스케줄을 짜서 팀원들에게 통보할 수도 있겠지만 되도록 팀원들과 다 같이 하는 건, 이쪽의 장점이 훨씬 많기 때문이다. 첫째, 혹시라도 빼먹는 일이 생기지 않는다. 모두가 크로스체크 중이니까. 둘째, 다른 프로젝트의 스케줄과 개인 스케줄까지 꼼꼼하게 따지며 일정을 조율할 수 있다. 셋째, 이 스케줄에 대한 책임감과 자율성을 모두가 나눠가질 수 있다. 그러니까 우리가 함께 약속한 일정을 지킨다는 절대 명제를 두고 나머지 시간은 각자 알아서 구성할 수 있게 되는 것이다.

큰일을 인수분해하고, 역산해서 스케줄을 촘촘하게 짜는 것에 공을 많이 들이는 까닭은, 다시 말하지만 일의 힘을 빼기 위해서다. 일이 높은 파도를 일으켜 우리 일상을 집어삼키는 꼴을 막아야 하는 사람이 있다면 바로 나이기 때문이다. 꼭 내가 팀장이라서만은 아니다. 나는 누구보다 나의 일상의 정원을 잘 가꾸고 싶은 사람이다. 퇴근 후에 대단한 일을 하고 싶어서가 아니라, TV 앞에 멍하니 앉아서 휴대폰으로 게임을 하면서 시간을 허비하더라도 내 마음대로 써버릴 수 있는 시간이 하루에 꼭 있어야 숨을 쉴 수 있는 사람이기 때문이다. 그리하여 이 작업은 팀을 위한 작업이기도 하지만 결국 나를 위한 작업이기도 하다.

결승점을 멀리 두면 미루기 십상이다. 언제 한번 힘내서 달리면 42.195킬로미터를 완주할 수 있을 것 같은 기분도 든다. 하지만 나는 이 기분을 믿지 않는다. 개인적인 작업이라면 이렇게 몰아서 달려버리는 것이 가능할 수도 있다. 하지만 회사 일이다. 클라이언트와의 약속이다. 39킬로미터까지밖에 못 달려놓고 완주한 척을 할 수도 없다. 그렇기 때문에 역산해서 1킬로미터의 지점마다 보초를 세워야 한다. 오늘은 딱 거기까지만 가보자고, 힘들어도 거기까지는 가자고 팀원들과 합의를 하는 것이다. 정말 가끔 체력이 남아돈다면, 그러니까 아이디어가 폭발한다면 조금 더 가볼 수도 있지만, 억지로 애쓰지는 않는다. 그보다는 우리끼리 약속한 일정으로 일하고, 정확한 시간에 헤어지려고 애쓴다.

아마 각자 하고 있는 일에 따라서 나의 비법이 쓸모가 없는 경우도 많을 것이다. 각자가 일을 해가면서 자신만의 비법을 완성한 경우도 많을 것이다. 어떤 방법을 쓰든 상관없다. 이 모든 비법을 통해 달성해야 하는 목표만 기억하면 된다. 일에게 주도권을 빼앗기지 않는 것. 내 일의 주도권은 반드시 내가 가지고 있어야만 한다는 것. 우리에겐 일보다 더 중요한 (   )이 있으니까. 괄호 안은 각자 마음껏 채워도 좋다.

여자 팀의 탄생

벌써 오래전 일이다.

여자 팀장 밑으로 옮기겠냐는 제안을 받았다. 그때 나는 이 말만 했다.

"여자 팀장 밑에 여자 카피라이터. 설마 화장품이나 속옷 같은 품목들만 맡기시려는 걸까요? 죄송하지만 그렇다면 저는 옮길 생각이 없어요."

진짜 회사의 의도가 그랬던 건지 어떤지는 알 수 없으나, 결국 그 발령은 무산되었다.

시간이 흐르고 어느새 내가 팀장의 자리를 맡게 되었다. 본부장님이 우리 팀에 배치될 인원을 알리기 위해 날 불렀다. 떨렸다. 웬만한 일 앞에서도 떨지 않는 나였지만, 생애 첫 팀원들을 알게 되는 순간인데 떨리지 않을 도리가 있나.

"민철 CD 팀엔 말이야, Y부장, S차장, P사원, H사원. 이렇게 가기로 했어."

"어? 근데 다 여자네요."

"그러고 보니 그렇네."

이번에도 나는 딱 하나만 물었다.

"여자 품목만 맡게 되는 거 아니죠?"

"설마. 어떤 의도도 없어."

나는 그 말을 의심하지 않는다. 실제로 그 배치에는 어떤 의도도 없었으니까. 그 후로 몇 년간 우리 팀에 맡겨진 일들이 그걸 증명했다. 가구, 금융, 영양제, IPTV, 호텔, 식품, 화장품, 자동차 등 성별을 의식하지 않은 광고들이 우리 팀에게 주어졌다. 정말로 다행스럽게도. 하지만 동시에 나의 반응에도 의심할 여지없는 진실이 담겨 있다고 생각한다. 너무 오래 너무 많은 사례를 보았으니까. 의도적인 배치, 어김없이 겪는 불합리한 사건들, 너무 예민하다는 타박, 감정적으로 받아들이지 말라는 감사하기 그지없는 충고까지. 뉴스에서도 주변에서도, 업계를 가리지 않고 나이를 가리지 않고 단지 여자이기 때문에 날아드는 화살들. 쏜 사람은 쏜 적이 없다고 말하는데, 왜 맞은 사람은 이토록 많을까.

그러던 어느 날이었다. 엘리베이터를 탔는데 뜻밖의 공격이 들어왔다.

"어휴, 무서워."

주변을 둘러보았다. 나와 우리 팀 팀원 한 명, 그리고 방금 그 말을 던진 남자 한 명이 엘리베이터 안의 전부였다. 그럼 그 말은 우리를 향한 말일 텐데, 잠깐만, 우리가 화를 내며 엘리베이터를 탔던가? 욕을 하며 엘리베이터에 탔던가? 그렇지 않았다. 대화를 하다가 웃으며 엘리베이터를 탄 참이었다. 여자 둘이 엘리베이터를 타면 무섭나? 정말 무서운 남자가 엘리베이터를 탔을 때에도 저 사람은 무섭다라는 말을 했을까? 그럴 리 없었다. 그렇다면 그 말의 의도는 무엇일까. 무섭다고 말하면서 우리를 조용히 시키려고 했던 걸까. 자신에게 고분고분해지길 원했던 걸까. 아니, 자신이 뭘 원하는지도 모르면서 무턱대고 공격성을 드러낸 걸까. 고분고분하지 않은 40대의 숏커트 여자를 향한 혐오를 여과 없이 발설한 걸까. 아무렇지도 않게 혐오를 발설해도 되는 그 기득권의 정체는 무엇일까. 머릿속이 복잡해졌다. 여자 두 명이 엘리베이터만 타도 무섭다는 말을 한다고? 어떤 부끄러움도 없이? 우리의 기세가 그토록 대단했나? 그럼 여자 다섯 명이 모이면 얼마나 무섭단 이야기일까? 진짜 한번 보여줘?

"우와, 이 팀은 전부 여자네요."

한동안 회의실에 들어설 때마다 같은 이야기를 들었다. 몇 년이 지나 여자 다섯 명이 사람들의 눈에 익숙해졌을 때 다시 한 번 인사이동이 이루어졌다. 떠난 사람도 있었고, 떠난 만큼 또 새롭게 배치된 사람들도 있었다. 그리고 그 모두가 여자였다. 다시 한 번 여자 팀의 탄생이었다.

"이번에도 이 팀은 전부 여자네요."

이번에도 같은 이야기를 들었지만, 그 이야기는 오래 화제에 오르진 못했다. 어느새 사람들이 당연하게 우리를 받아들이기 시작한 것이다.

신기하게도 그때쯤 수많은 동지를 만나기 시작했다. 생각지도 못한 곳에서. 생각보다 자주. 광고주 미팅에 들어갔는데, 그쪽도 모두 여자였다. 오래전에는 한 번도 볼 수 없었던 풍경이었다. 감격한 나머지 "우와 우리 다 여자네요"라는 말을 했다. "큰일은 여자가 해야죠"라는 답을 들었다. 다 같이 한 번 웃고 미팅을 시작했다. 또 다른 광고주 미팅에 들어갔을 때도 같은 풍경을 마주쳤다. 모두가 여자라는 사실을 확인하며 미소를 주고받는 순간, 뭔가 다른 기운이 우리를 스쳐 지나갔다. 어깨에 색다른 책임감이 내려앉았다. 우리는 더 이상 특이한 존재가 아닌 것이다. 우리라는 풍경은 점점 일상이 되어가는 중이었다.

물론 우리끼리 다 정리를 하고 위에 보고를 할 때면 어김없이 남자 임원들이 등장한다. 20~30대 여성을 위한 제품이라도, 그들의 인사이트가 중요한 제품이라도 이 사실은 변하지 않는다. 왜 변하지 않을까. 변할 때가 지난 것 같은데. 왜 앞서가는 여자 선배가 없을까. 기꺼이 따르고 싶은 여자 선배가 이토록 간절할까. 늘 해결되지 않은 답답함이 있었다. 하지만 어느 날 깨달았다. 뛰어난 한 사람이 닦아놓은 좁은 길이 없는 대신, 평범한 우리가 함께 닦고 있는 넓은 길이 있었다. 먼 곳을 두리번거리며 선구자를 찾을 일이 아니었다. 시선을 바로 옆으로 돌리면, 바로 뒤로 돌리면 함께 가고 있는 우리가 있었다. 바로 옆에, 바로 뒤에, 파도가 넘실거리고 있었다. 이토록 많다면 우리가 서로의 파도가 될 것이다. 그 파도를 타고 더 많은 여자들이 더 넓은 곳으로 신나게 달려갈 것이다.

2010년 밴쿠버 올림픽에서 김연아 선수가 더 이상 완벽할 수 없는 연기를 보여주자 NBC의 해설자가 말했다. "What a woman!"(얼마나 멋진 여자인지!) 안다. '여자답게'라는 말이 '얌전하게, 배려 있게, 친절하게' 등의 뜻을 가졌던 때가 있었다. 태곳적의 일이다. 이제

'여자답게'는 '멋있게, 대단하게, 과감하게, 냉철하게, 용감하게, 완벽하게, 예술적으로' 등의 뜻으로 변했다. 앞으로는 더 많은 뜻을 품은 단어가 될 것이다. 다름 아닌 여자들이 그 말의 지평을 넓혀가는 중이니까. 매일매일. 각자 자신의 자리에서.

"이 팀이 다 했어. 대단한 여자들이야."

"그 팀이랑 일을 하면 정말 달라요."

"여자 팀이잖아요. 꼭 잘됐으면 좋겠어요."

여자 팀의 수장이 된 후에 들은 수많은 칭찬과 응원들. 그것들을 나는 우리 팀에 가두고 싶지 않다. 성별을 의식하며 일을 한 적은 없지만, 결과물에 대해서는 종종 여자 전체로 칭찬을 받는다고 생각한다. 우리는 우리의 자리에서 '여자답게'의 의미를 '어떤 일을 맡겨도 완벽하게 즐겁게 해내는'으로 바꾸는 중이다.

동기라는 세계

한때 회사에 '80카피모임'이라는 게 있었다. 80년생들이 아직 30대 초반이고, 각 팀에서 가장 쌩쌩한 머리를 담당하고 있을 때의 일이다. 아무도 의도한 건 아니었지만, 신기하게도 거의 모든 팀에 80년생 여자 카피라이터들이 있었다. 각자 맡은 광고주가 다르고, 같이 일하고 있는 팀장님도, 그들의 성향도 모조리 달랐지만 우리는 '80년생 여자 카피라이터'라는 하나의 공통점 아래 모였다. 그리고 처음 우리가 모이던 날, 누군가는 80년생 여자 AE를 데려왔고, 누군가는 80년생 여자 아트디렉터를 데려왔다. 그렇게 열 명이 넘는 80년생 여자 직원들이 한자리에 모였다. 회사 전체 인원이 이백 명이라는 걸 감안할 때 결코 적은 숫자가 아니었다.

만나서 별 다른 걸 하는 건 아니었다. 어떤 팀장은 "이야~ 그 모임이 회사에서 가장 큰 조직일걸? 나가서 나 좀 잘 말해줘"라고 말했지만, 그 큰 조직인 우리가 하는 일이라곤 서너 달에 한 번 모여 넓은 테이블이 있는 곳에 가서 밥을 먹고, 커피를 마시는 일이었다. 점심시간임에도 불구하고, 일하느라 못 나오는 친구들이 꼭 한두 명 있었고, 밥 먹다가 광고주에게 뛰어가는 친구들도, 커피 마실 때가 되어서야 부랴부랴 합류하는 친구들도 있었다. 한꺼번에 다 모이는 일은 언제나 요원했지만, 한 회사 안에 동갑내기 친구들이 있다는 사실만으로도 든든할 때가 많았다.

나는 유독 두 명에게 마음을 많이 기댔었는데 그 두 명은 마치 짠 것처럼 같은 날 그만뒀다. 이유는 각자 달랐다. 한 명은 남편이 외국으로 발령 났기 때문이었고, 또 한 명은 '졸사'(마치 졸업을 하는 것처럼, 회사를 졸업한다는 의미로 그녀가 그렇게 말했다)를 했다. 자기가 하고 싶은 일을 하기 위해서였다. 전혀 다른 길을 위해 낸 사직서였지만, 나에게는 똑같은 의미였다. '망했다. 그나마도 얼마 없는 친구 중 두 명이 동시에 사라졌다!' 얼마 지나지 않아 80년생 카피라이터 모두가 회사를 떠났다. 워낙 이직이 잦은 업계이니 다른 회사로 옮겨 팀장이 된 사람이 많았고, 아이가 커가며 일 자체를 그만둔 친구도 있었다. 각자의 이유로 회사 속 여자 친구들은 자꾸 사라졌다. 결론적으로 그 모임에 있었던 사람 중 회사에 남은 사람은 단 한 명, 바로 나였다.

회사 생활에서의 인간관계는 중요하다지만 나는 인간관계 자체를 무척이나 어려워하는 사람이다. 19년을 사회생활을 하면서도 어떻게 사회성이 이토록이나 발달하지 않을 수 있는지, 내가 제일 답답하다. 당연하게도 회사에서의 인간관계에도 늘 소극적이다. 먼저 나서서 누군가에게 밥을 먹자고 청하는 것도 어렵고, 퇴근 후에 따로 만나서 술을 마시는 것은 그보다 더 고차원적 어려움이다. 그러니 '80년생 카피라이터 모임'처럼 나의 의사와 전혀 상관없이 여자 동료들과 어울릴 수 있는 자리는 내게 너무 소중했다. 대단한 노력을 하지 않아도 여자 동료들이 그토록 많이 생겼던 순간의 즐거움은 아직도 생생하다. 그 든든한 즐거움이 사라져버렸다는 것을 알았을 때의 상실감도 아직 생생하고.

회사를 다니는 모두에겐 그런 순간이 찾아온다. 그토록 많았던 동료들이 점점 사라지고 길은 점점 더 좁아지는 순간. 시선을 어디로 둬야 할까, 계속 이 길을 걷는 게 맞는 걸까 고민이 찾아온다. 그러다 문득 이 길을 내내 같이 걸어주고 있는 한 사람을 발견하는 것이다. 그 기적과도 같은 존재를. 나에겐 그 존재가 단 한 명뿐인 내 동기였다.

시작부터 우리는 우리 둘밖에 없었다. 그해 회사는 단 한 명의 카피라이터와 단 한 명의 미디어플래너를 채용했으니까. 우리 둘이 모이면 '동기 모임 100퍼센트 출석'이 되었고, 우리 둘 다 그만두지 않았기 때문에 2005년 신입사원 중에 퇴사자는 단 한 명도 없는 셈이 되었다. 한번은 그 친구가 말을 했다.

"언니, 우리가 회사를 다닌 햇수를 계산해보면, 우리는 초등학교, 중학교, 고등학교, 대학교까지 같이 다닌 셈이야."

"그럼 이젠 17년 차가 되었는데, 어떻게 되는 거야?"

"대학원 들어온 거지."

"야… 언제 졸업하냐…."

시간은 참 무섭다. 서로 너무나도 달라 친해지기 어렵겠다는 생각까지 했던 우리 둘을 시간이 이토록 끈끈하게 묶어버렸다. 덕분에 나는 한 사람의 세계를 지척에서 오래 지켜볼 기회까지 얻었다. 결혼을 하고, 아이 둘을 낳고, 회사에 복귀를 하고, 아이를 돌봐줄 분을 못 구해서 발을 동동 구르고, 머리 묶을 정신도 없이 아이를 찾으러 뛰어가고, 잠깐 커피로 한숨 돌리다가도 유치원 선생님에게 전화가 오면 기겁을 해서 전화를 받고, 첫째 아이를 학교에 보내고, 둘째까지 학교에 보내면서 더 정신없어진 엄마의 삶을 옆에서 지켜보며, 이 삶과 직장을 병행하기 위해 동기는 매 순간 무엇을 포기하고, 무엇을 감내하고 있는지 나는 도무지 짐작조차 할 수 없었다. 광고회사의 업무 특성 때문이었을까? 회사에서는 일하는 엄마를 찾아보기 힘들었다. 일하는 아빠는 많았지만. 그래서 동기가 더 대단해 보였던 것 같다. 혹시나 동기가 슈퍼우먼 증후군에 시달리지 않을까 걱정했지만, 역시나 동기는 나보다 현명했다. 자기에게 필요한 지원 정책을 먼저 알아보고, 회사에 먼저 알려주고, 자신이 너무 지치지 않을 선을 끝없이 찾아나갔다.

덕분에 나는 친구가 일을 하며 성장해나가는 모습을 지척에서 지켜보는 영광도 누리고 있다. 나는 그녀의 회사 동료니까. 일을 잘한다는 사실은 이곳저곳에서 들어서 이미 알고 있었지만, 같이 경쟁 프레젠테이션을 하러 갔다가 그 친구가 당당하고도 차분하게 프레젠테이션을 하는 모습을 보고 나는 그만 반해버렸다.

"너무 멋있는 거 아니야? 진짜 초초초 멋있었음."

"아 진짜? 너무 다행이다. 나 진짜 열심히 준비했거든."

"네가 최고로 멋있었어. 와 진짜 반했잖아. 대단하다, 내 동기."

우리의 카톡 창에는 짧은 대화만 오간다. '커피?', '오케이' 혹은 '점심?', '오케이' 혹은 '옥상?', '지금 갈게' 대략 이 정도가 전부다. 내가 점심 약속이 있다고 말하면 이제 팀원들은 누구와 먹는 건지 묻지도 않는다. 이제는 아는 것이다. 팀장의 좁은 인간관계를. 좁다 못해 단 한 명에게 집중되어 있는 인간관계를. 날씨가 좋으면 샌드위치와 커피를 사서 한강 근처 우리의 벤치로 향한다. 오래전에는 두 명의 사원이었는데, 이제는 두 명의 국장이 된 두 사람이 회사 생활의 보람과 어려움을 시시콜콜 털어놓는다. 다행인 건 우리가 직접적으로 얽히는 부서가 아니라서 서로 미워할 일이 없고, 우리 둘 다 일에 대한 태도가 비슷해 대화를 멀리 우회하지 않아도 된다는 거다.

이야기를 나누며 생각한다. 존경할 만한 동료를 두고 있는 건 참으로 근사한 일이라고. 우리 둘은 성격도 스타일도 너무나도 달라서 각자 일을 해나가는 방식도, 팀장의 역할을 수행해나가는 결단도 각기 다르다. 내 날선 고민들을 동기는 긍정적인 말들로 감싸준다. 동기의 억울한 감정들에는 내가 대신 분통을 터뜨려준다. 때로 그녀는 유능한 스승이 되어 나에게 진지하게 조언한다. "언니, 다음부터 그 부분은 한번 고쳐봐. 고치는 게 좋을 것 같아." 나는 고분고분한 학생이 되어 고개를 끄덕인다. 때론 현자가 되어 조언을 하기에 그때마다 휴대폰 메모장에 필기를 하는 것도 잊지 않는다. 너무 다른 팀장 두 명이 만나 서로의 색깔로 서로를 물들이다 점심시간이 끝나면 다시 자기 자리로 돌아가 각자의 방식으로 팀장이 된다. 서로가 서로에게 한 조언들을 잊지 않으며. 가능하면 그 조언에 따르려고 노력하며. 그 결과물에 대해 가장 먼저 기립박수를 치는 것은 언제나 서로다. 진심만을 가득 담아서.

누군가가 회사 생활에서의 인간관계에 대해 내게 조언한다면 나는 아무 말 없이 내 동기를 데려와서 보여줄 것이다. 단 한 명의 동료만으로도 나는 수십 명의 동료에게서 얻을 용기를 모두 얻고 있다. 그렇게 우리 둘은 함께 걸어가는 중이다. 매 순간 서로에게 기대어. 매 순간 각자의 방식으로 오롯이 서서.

솔직함이라는 무기

오해가 깊어지기 전에 짚고 넘어갈 이야기가 있다. 이 책의 상당 부분은 '김민철이 쓰는 김민철'로 가득 차 있다. 나의 단점은 쏙 빼놓고, 진짜 김민철보다 훨씬 더 근사하게, 유능하게, 매력적으로 서술하고 있을 가능성이 농후하다. 나를 완벽한 팀장으로 오해하면 곤란하다는 이야기다. 완벽이라니. 그 단어가 자리 잡을 틈은 내게 어디도 없다. 고백하자면 나는 허술하고, 매 순간 약점으로 구멍이 숭숭 나 있고, 그 구멍 사이로 불어 들어오는 바람 덕분에 매번 팀원들의 정신을 호되게 차리게 만드는, 그런 팀장이다. 문제는, 나는 그런 허술함을 전혀 감출 생각이 없다는 것이다. 적어도 팀원들 앞에서는. 내가 제일 자주 하는 말들을 꼽아볼까.

"내가 그 카피를 썼다고? 난 기억도 안 나는데?"

(어떻게 나는 내가 쓴 카피도, 남이 쓴 카피도 기억 못 할까. 팀장이 이래도 되는 걸까. 이 머리로 어떻게 광고회사에서 18년을 살아남은 걸까. 미스터리 오브 미스터리.)

"나 못 알아들었어. 미안. 다시 설명해줘."

(회의 때는 초집중 모드로 들어가서 팀원들이 하는 말을 하나하나 다 이해하려고 노력하지만, 그래도 못 따라가는 경우가 자주 발생한다. 회의 때마다 내가 빼먹지 않는 말이기도 하다. 부끄럽게도.)

"이를테면?"

(내가 하루에도 수십 번 하는 말이다. 앞의 말과 같은 맥락이다. 이해를 잘 못했을 때 쓰는 말인데, 이 경우에는 내가 상상력이 부족하니, 예시를 들어서 상상하게 해달라는 요구까지 같이 들어 있다.)

"어제 내가 한 결정이 맞는지 모르겠어. 왜냐하면…"

(이미 결정을 내렸지만, 100퍼센트 확신은 없을 때 이 말을 쓴다. 불안을 전가하는 것이 아니라, 같이 이야기하면서 확신을 단단히 만들기 위해서라고 스스로 합리화하고 있다.)

그렇게 생각할 수도 있다. 이게 뭐 별말이라고. 솔직히 나도 그렇게 생각한다. 이게 뭐 못 할 말도 아니고. 사실 이 말들의 모양은 각기 다르지만 모두 같은 속뜻을 가지고 있다. 불행히도, 너희 팀장은 완벽하지 않단다. 이 메시지를 다양한 순간에 다양한 방식으로 솔직하게 공유하는 것이다. 나의 요철을 누구보다 팀 사람들이 잘 알아봐줬으면 해서. 다른 누구도 아닌 팀원들이 그 요철을 잘 메꿔줬으면 해서. 팀원들도 자신의 요철을 우리에게 솔직하게 보여줬으면 해서. 서로의 요철을 서로가 잘 메꾸면서 마치 톱니바퀴처럼 우리의 일이 잘 돌아갔으면 해서. 나의 그 바람은 지금까지는 잘 이뤄지고 있는 것 같다. 수시로 이런 이야기를 듣는 걸 보면 말이다.

"팀장님, 이거 또 빼먹으셨어요."

"팀장님 말대로 하면 좀 이상할 것 같은데요?"

"지금 그 말이 잘 이해가 안 되어서요. 그럼 원래 말씀하셨던 방향이랑 안 맞지 않나요?"

"(팀장님 걱정과 달리) 괜찮을 거 같은데요?"

이 말을 들을 때마다 생각한다. 얼마나 다행인가! 다른 사람들에게 이 불완전함을 들키기 전에 팀원들이 먼저 수정을 해주니 말이다. 내가 제일 복받은 팀장이지. 암, 그럼.

많은 사람들이 팀장이 되었을 때, 관리직으로 올라갈 때의 어려움을 털어놓는다. "저는 그냥 실무를 계속하고 싶거든요"라는 말을 하는 사람도 많다. 나는 이 말에 담긴 진심의 농도를 의심한다. '정말 100퍼센트 진심이세요? 주변 동기들이 다 팀장 직을 맡기 시작하는데, 혼자만 실무를 하고 있어도 괜찮다고요? 씁쓸한 패배감을 맛보지 않을 자신이 있다고요? 정말요?' 저 말의 속뜻은 잘 들여다봐야 한다. 저 말 속에는 '나는 완벽한 팀장이 될 자신이 없어요'라는 속마음이 숨겨져 있다. 더 자세하게 말하자면 '제가 잘 못하면 어쩌죠, 다른 사람들까지 이끌고 실패해버리면 어쩌죠, 유능한 팀장이 아니면 어쩌죠, 팀원들이 저를 싫어하면 어쩌죠'라는 걱정이 잔뜩 담겨 있다.

이런 고민을 들을 때마다 내가 해주는 조언은 하나다. 솔직하게 보여주세요. 팀장이 완벽하지 않다는 것을. 받아들이세요. 팀장이 완벽할 수 없다는 것을. 솔직하게 지금 일에서 겪는 어려움을 털어놓으세요. 걱정되는 부분을 팀원들과 공유하세요. 그럼 팀원들이 당신의 요철을 메꿔줄 거예요. 놀랍게도 그 사이에서 팀워크까지 생겨날 거예요.

솔직함은 팀 안에서 다양한 방식으로 기능한다. 이를테면 팀에 잘 적응하지 못하는 팀원이 있을 때에도 나는 솔직함으로 대응한다. 못 본 척하면서 넘어가거나, 다른 방식으로 그 친구의 불균형을 메꾸려고 하다가는 그 한 명에서 시작된 균열이 팀 전체로 퍼져나가버릴 것이다. 사태가 심각해지기 전에 따로 부른다. 우선 말을 듣는다. 무조건 듣는 것이 먼저다. 어떤 부분에 어려움을 겪고 있는지, 요즘 회사 일에 적응하기 힘든 개인사가 있는 건지. 본인이 요즘 하는 업무에 대한 본인의 평가는 어떤지. 다 듣고 이야기 한다. 우리 팀에서 당신이 맡아줬으면 하는 역할에 대해서. 당신이 어떤 식으로 그 기대에 미치지 못하는지, 어떤 식으로 좀 더 노력했으면 좋겠는지. 개인적 감정이나 비난이나 비아냥은 빼고, 솔직 담백하게 말하려 노력한다. 물론 한 번의 소통이 영구한 변화로 이어지진 않는다. 하지만 나는 포기할 의사가 없다. 솔직하게 피드백을 주면서 어떻게든 변화하도록 애쓴다.

솔직하게 자신을 드러내고, 솔직하게 반응하고, 솔직하게 상황을 공유하고, 솔직하게 피드백을 하면, 결론은 솔직히 좋을 수밖에 없다. 나는 그렇게 믿는다. 팀장에게 다른 꿍꿍이가 있는 건 아닌지 걱정할 필요도 없고, 자신이 팀원들에게 어떻게 보일지 계산할 필요도 없다. 솔직히 의견을 말하고 솔직히 피드백을 주고받으며 일에만 집중하면 되는 것이다. 그러다 보니 팀에 위기가 왔을 때에도 내가 가진 무기는 오직 하나, 솔직함이었다.

최근의 일이다. 9개월 동안 노력한 일에서 우리가 원한 성과를 거두지 못했다. 납득할 수 없는 결과를 받고서 나는 밤을 꼬박 새웠다. 이 결과는 우리의 능력과는 아무 상관없는 일이었다. 기획팀도, 심지어 대표님까지도 그 지점을 명확히 했다. 하지만 그렇다고 해서 상처가 안 될 수는 없었다. '내가 뭘 잘못했을까, 그때 내가 다르게 말했다면 결과가 달라졌을까?' 이런 생각들이 이어지다가 생각은 팀원들에게 당도했다. '이 사실을 팀원들에게 어떻게 알려야 할까. 어떤 식으로 알려야 그들의 상처를 최소화할 수 있을까.' 밤새워 고민한 결과 내가 얻은 답은 하나였다. 솔직하게 다 말을 하자. 무슨 일이 있었고, 그때 내 반응은 어땠고, 어떤 식으로 회사가 대응을 하려고 했는지, 나는 이 일을 어떻게 받아들일지, 솔직하게 다 말을 하자. 그럼 팀원들이 판단해줄 것이다. 과연 나의 판단은 옳았다.

"그들이 운이 없네요." (우리 같은 보석을 못 알아보다니.)

"팀장님, 우리 재미있는 프로젝트 해요." (우리는 그럴 능력이 있잖아요.)

한숨도 못 자 퍼석한 나의 얼굴을, 감정이 요동쳐 떨리는 나의 목소리를 팀원들이 다독여주었다. 중간중간 내가 잘못한 것 같다고 생각하는 부분까지도 정확하게 짚어서 수정해주었다. 팀장님 잘못이 아니라고. 우리 잘못이 아니라고.

구글에 다닐 때 내 스승이었던 프레드 코프먼은 많은 상사가 잘못 알고 있는 '업무적인 태도'와 맞서 싸우기 위해 다음과 같은 주문을 되뇌었다.

"완전한 자아로 일터에 나가라."

_킴 스콧, 《실리콘밸리의 팀장들》

완전한 자아. 완전한 자아는 완벽한 자아가 아니다. 완벽한 팀장에 대한 강박 대신, 멋있는 팀원이 되고 싶다는 욕구 대신, 솔직한 나 자신의 모습 그대로 일터에 나가자. 나는 완벽한 팀장이 아니라서 매 순간 팀원들의 솔직한 피드백을 받는다. 매 순간 조금 더 나아질 기회를 얻고 있다. 다름 아닌 팀원들이 나에게 그 기회를 주고 있다. 기쁘게도. 다행스럽게도.

안전하다는 감각

1

"야! 너 아까 전에!"

팀장의 말 한마디에 갑자기 차 안의 시트가 가시방석으로 바뀌었다. 실수를 한 사람도 그 잘못과 아무 상관도 없는 사람도 모두가 뾰족뾰족한 가시방석 위에 앉았다. 책임 추궁은 이어졌고, 실수를 한 사람의 고개는 계속 바닥으로 향했다. 다른 팀 팀장인 나는 애써 창밖으로 시선을 돌렸다. 그 실수가 이만큼이나 혼나야 할 문제였다고? 후배들도 있고, 다른 팀 팀장도 있는 앞에서 이렇게 오래 혼날 만큼? 또 다른 사례로 넘어가볼까?

"응, 그건 네가 완전히 착각하고 있는 거고."

귀를 의심했다. 저게 지금 팀장이 팀원에게 할 말인가? 다른 회사 사람들도 잔뜩 앉아 있는 앞에서? 팀원이 이 프로젝트에 대해서 뭔가 잘못 알고 있는 게 있다면, 그건 일정 부분 팀장에게도 책임이 있는 것 아닐까? 무엇보다 회의를 하자고 모인 자리에서 누군가의 의견을 저런 식으로 깔아뭉갠다고? 그러면서 회의 때마다 팀원들이 솔직한 의견을 내주길 바란다고? 다른 팀 팀원들처럼 근사한 아이디어를 가져오길 바란다고? 그러기엔 당신의 태도가 틀려먹었습니다만?

사례를 들자면 끝이 없다. 팀원들을 벼랑 끝에 세우는 이런 팀장의 이야기라면 밤새도록 나열할 수 있다. 팀원은 실수를 한다. 팀장이 매일 실수하는 것처럼. 팀원은 실언을 한다. 팀장이 그러는 것처럼. 팀원은 완벽하지 않다. 완벽한 팀장이 없는 것처럼. 그렇다면 팀원 앞에서 팀장이 취해야 하는 행동은 무엇일까? 여기에 대한 답이 어려운가? 그렇다면 당신은 당신의 실수 앞에서 어떤 태도를 취하는가? 그걸 곰곰이 생각해보면 답은 어렵지 않게 나올 것이다.

이건 단순히 후배의 실수를 눈감아주고 넘어가라는 이야기가 아니다. 일을 대충하는 후배에게 늘 관대하라는 이야기도 아니다. 따로 불러서 따끔하게 혼을 내든, 그 자리에서 한마디 지적하고 넘어가든, 혹은 당신이 다 막아내고 따로 언급조차 하지 말든 다 상관없다. 그 모든 것이 답이 될 수 있다. 다만 오답은 명백히 존재한다. 모욕 혹은 과한 비난, 혹은 상대의 자존심을 짓밟는 것만은 절대 안 된다는 이야기다. 절대 그것만은 안 된다. 왜? 팀원은 팀 안에서 안전해야 하니까.

2

좋아하는 이야기가 있다. 전설의 재즈 연주자 두 명, 허비 행콕과 마일스 데이비스가 함께 연주를 했을 때의 일이다. 마일스 데이비스의 솔로 연주가 절정으로 향해가던 그때 허비 행콕이 실수로 완전히 잘못된 코드를 쳤다. 허비 행콕은 곧바로 자신의 잘못을 깨닫고 두 손으로 얼굴을 감싸 쥐었다. 기적은 그 순간 일어났다. 그 틀린 코드를 듣고 마일스 데이비스가 살짝 연주를 멈추는가 싶더니 바로 연주를 이어갔는데 그 연주는 허비 행콕의 틀린 코드를 옳은 코드로 들리도록 만들어버린 것이다. 허비 행콕은 말한다. 마일스 데이비스는 그 코드를 실수로 받아들이지 않았다고. 그 순간 일어난 일의 일부로 받아들이고, 그 코드에 대처해나갔다고.

그 일이 있고 난 후 허비 행콕이 실수를 이어갔을까? 마일스 데이비스라는 천재를 믿고? 상식적으로 그럴 리 없다. 연주에 더 집중했을 것이다. 마일스 데이비스를 향한 존경과 감사를 담고. 하지만 더 마음껏 연주했을 것이다. 좀 과감한 실험을 했을지도 모르겠다. 마일스 데이비스와 함께라면 안전했을 테니까. 마일스 데이비스가 그에게 너른 벌판을 열어준 셈이니까. 물론 이건 모두 나의 추측이다. 하지만 아주 틀린 추측일 것 같지 않다. 허비 행콕의 이름도 아직도 전설로 남아 있고, 전설로 남기 위해선 남들이 다 가는 안전한 길로만 연주하진 않았을 테니까.

이런 일이 마일스 데이비스와 같은 천재 아티스트에게만 가능한 일일까? 나는 그렇게 생각하지 않는다. 저만큼 극적이진 않더라도 좋은 팀 안에서는 저런 일들이 비일비재하게 일어난다. 팀원의 실수를 다른 팀원이 아무 일도 아니라는 듯이 무마시킨다. 심지어 그 실수 덕분에 이런 결과물이 나올 수 있었다며 공을 떠넘기기도 한다. 한 팀원이 화가 아주 많이 났을 때, 다른 팀원이 의외의 태도를 보여주며 그 화를 가라앉히기도 한다. 큰 잘못을 한 것 같아 발을 동동 구르고 있을 때 팀장이 나타나 평소보다 더 차분한 모습으로 그 일을 수습하기도 한다. 그 과정에서 모두가 알게 된다. 이 팀은 안전하구나. 이 팀 안에서 나는 안전하구나. 이 팀을 믿고 기어코 나도 내 몫을 다해야겠구나. 안전하다는 감각은 한 명의 특출한 능력이 만들어내는 것이 아니라, 구성원 모두가 순간순간 보여주는 태도에서 기인한다.

3

작가 대니얼 코일은 그의 책 《최고의 팀은 무엇이 다른가》에서 최고의 팀을 만드는 실마리를 찾기 위해 3년에 걸쳐 전 세계에서 최고로 손꼽히는 팀을 찾아다닌다. 실리콘밸리부터 NBA 농구팀까지, 구글부터 미 해군 특수부대까지. 연구 끝에 그는 최고의 팀을 만드는 세 가지 요소를 말한다. 그리고 그중 첫 번째 요소로 꼽는 것이 바로 '당신은 이곳에서 안전하다'라는 소속 신호다. 놀랍게도 구성원들의 역량과 자질이 아니라 '안전하다는 감각'이 최고의 팀을 만드는 열쇠라니!

생각해보면 당연한 결론이다. 언제 팀장이 나를 공격할지 몰라 전전긍긍할 수밖에 없는 곳에서라면, 팀원들이 모두 나와 경쟁하기 바쁜 곳에서라면, 작은 실수가 순식간에 큰 타격으로 돌아오는 곳에서라면, 마음껏 일할 수 없다. 마음을 터놓고 이야기할 수 없다. 뭔가 번뜩이는 아이디어가 지나갈지라도 '괜히 말했다가 안 좋은 소리 들으면 어떡해'라는 생각이 가로막을 것이다. 팀 안의 문제를 발견했을 때에도 먼저 나서서 해결하기보다는 '이랬다가 전부 내 일로 돌아오면 어떡해'라는 마음에 눈 감고 모른 척하게 될 것이다. 왜? 이 팀 안에서 나는 안전하지 않으니까. 더 정확히 말을 하자면, 내가 언제까지 이 팀에 있을지 모르니까. 언제든지 기회가 된다면 안전하지 않은 이 팀을 떠날 테니까.

4

'안전하다는 감각'은 단순히 누군가의 실수 앞에서만 필요한 감각은 아니다. 그것은 업무 전반에 필요한 감각이다. 이 감각을 상실한 사람 때문에 한 일을 다시 다 해야 하고, 왜 하는지도 모르는 야근을 하게 되는 일이 회사 일의 상당 부분을 차지한다. 당신도 이미 겪어보았을 사람들을 예로 들어 설명해볼까?

그 사람에게 결재를 받을 때 가장 중요한 것은 당신이 준비한 내용이 아니다. 오늘 그 사람의 기분이 어떤지를 면밀히 살피는 것이 우선이다. 그의 기분에 따라서 이 프로젝트는 좌초될 수도 있고, 무사히 끝날 수도 있다. 프로젝트의 운명은 언제나 풍전등화. 도대체 안전한 순간이 없다.

또 이런 사람은 어떤가. 분명 A 업무를 지시해놓고, 그 결과물을 가져갔을 때 B 방식으로 하지 않았다고 (그 방식을 지시한 적도 없으면서) 몰아붙이는 그런 상사 말이다. 자기만의 방법, 자기만의 기준을 상대에게 강요하다가 높은 확률로 비난은 이어진다. 동의할 수 없는 피드백은 계속 쌓여간다. 수정을 하라니까, 또 급하다니까 하긴 하지만 후배의 의욕은 이미 바닥을 찍었다.

이런 사람도 꼭 있다. 자기 마음속에만 희미하게 있었던 과녁을 팀원이 맞히지 못했다고 그 모든 것을 팀원의 무능으로 돌려버리는 사람. 자기만 세상 제일 유능한 것처럼 구는 사람. 유능한 자신의 마음에 따라서 결정을 순식간에 바꾸어버리는 사람. 자신의 결정이니 너네들이 따르는 건 당연하다 여기는 사람. 이런 사람은 책임을 져야 할 때는 꼭 뒤로 쏙 빠지며 팀원들을 전장으로 내몬다.

이 모든 사람들이 팀의 안전성을 해치는 요소다. 절차를 무시하는 지시, 불안정한 기분에 기댄 판단, 자신이 해야 할 몫을 하지도 못하고 윗사람 눈치만 보는 선배 등등. 당신도 이 문장을 끝도 없이 이어나갈 수 있을 것이다. 너무 많으니까 아이러니하게도 팀을 가장 안전하게 만들어야 하는 의무가 있는 사람이 팀을 가장 위험에 빠트리고 있을 때가 많다. 이런 사람들이 일상적 빌런이라는 사실이 회사 생활 비극의 대부분을 차지하고 있고.

5

도대체 '안전하다는 감각'은 무엇일까? 그것은 적어도 이 팀에서는 당신이 안전하다는 확신이다. 어떤 의견을 내도 들어주는 사람이 있고, 어떤 어려움을 토로해도 같이 해결해줄 사람이 있다는 확신. 그게 꼭 팀장일 필요는 없다. 옆자리 선배가 될 수도, 앞자리 후배가 될 수도 있다. 그들이 당신의 의견에 반대하더라도 상처를 입을 필요는 없다. 그것은 당신을 공격하는 것이 아니라, 우리 팀의 결과물을 더 좋게 만들기 위한 의견이기 때문이다. 당신이 설사 틀렸다 해도 그것으로 인해 당신의 지위가 흔들릴 일은 없을 것이다. 팀 밖으로 내쳐질 일도 없을 것이다. 이 안에서는 안전한 것이다. 그러니 각자는 각자의 자리에서 최선의 공을 던지면 된다.

팀장 역시 팀원들에게 끝없이 신호를 보내야 한다. 어떤 말을 하건, 어떤 판단을 내리건 당신이 그 순간에 최선을 다했다면 팀장인 내가 책임지겠다는 무언의 메시지. 팀장이 자신의 약점을 솔직하게 드러내고(나는 너무 많이 드러내는 것 같아서 문제인 것 같긴 하지만), 팀원들의 말에 귀 기울이는 것. 허투루 듣지 않는 것. 어떤 공이라도 마음 놓고 던지면 다 받아주겠다는 태도로 임하는 포수처럼. 그렇게 듬직하게 투수의 좋은 공을 이끌어내는 특급 포수처럼.

왜 이렇게까지 해야 하냐고? 팀이기 때문이다. 우리가 서로에게 안전망이 되어주지 않는다면 우리가 팀일 이유는 없다. 팀장이 팀원들의 안전망이 되어야 하고, 팀장의 가장 믿을 구석도 팀원이 되어야 한다. 나는 괜찮지 않을지도 모르지만, 우리가 우리인 한 다 괜찮을 거라는 분위기. 그 분위기가 소속감을 만든다. 다른 팀과 구분되는 '우리 팀'의 힘을 이끌어낸다.

6

언제나 너무나도 바쁜, 출근 전에 이미 카톡이 수십 개씩 쌓이는 (일 이야기를 비롯한 각종 잡담이 끊이지 않는다) 우리 팀 카톡방에 한 팀원이 자신이 겪는 어려움을 토로한다. 실컷 토로하더니 한마디 한다.

"라포 형성 부탁드릴게요."

(라포: 두 사람 사이의 상호신뢰관계를 나타내는 심리학 용어. 주로 상담의사와 환자 사이에 생겨나는 믿음관계를 일컫는다.)

저 말이 끝나자마자 모든 팀원이 이 친구가 겪는 어려움에 대해 목소리를 함께 드높여줬다. 함께 욕해줬다. 실컷 욕하니 우리 속도 개운해졌다. 나는 이 카톡을 받고 얼마나 웃었는지 모른다. 뭘 해결해달라는 것도 아니고, 자기 일을 대신해달라는 것도 아니었다. 다만 힘들다고 팀 동료들을 찾다니. 팀 동료들에게는 마음껏 징징거려도 괜찮다는 마음이라니. 나는 우리 팀이 안전해서 좋다. 우리 팀이 안전하다는 사실이 나를 안전하게 만들어줘서 안심이다.

퇴사카드의 위치

나는 퇴사와 친하다. 이토록 오래 한 회사를 다니고 있는 사람이 이렇게 말하니 조금의 믿음도 안 생기겠지만 어떤 과장도 없이, 어떤 거짓도 없이 자신 있게 말할 수 있다. 나는 퇴사와 친하다. 언제나 퇴사를 이야기하고, 모두에게 퇴사를 이야기하고, 적극적으로 퇴사를 생각한다. 그 정도가 얼마나 심했던지, 팀원들을 불러 모아 조금 심각한 이야기를 하려고 "얘들아, 할 말이 있어"까지만 이야기했을 뿐인데, 팀원들의 눈이 두 배로 커지더니 바로 이런 대답이 돌아왔다.

"팀장님, 퇴사하세요?"

팀원들에게도 어지간히 퇴사 이야기를 했나 보다. 마음속으로 나는 나의 등짝을 세게 후려쳤다. 툭하면 퇴사를 이야기하는 팀장과 일하는 팀원들도 어지간히 고충이겠다 싶어서. 하루는 그 고민이 깊어져 팀원들에게 대놓고 물었다. 내가 맨날 퇴사 이야기를 해서 힘드냐고. 팀원으로서는 어떠냐고. 그랬더니 모니터에서 시선 한 번 안 돌리고 나를 향해 말을 툭 내뱉는다.

"뭐, 말은 그렇게 하시면서 일은 또 엄청 열심히 하시잖아요. 그래서 괜찮아요."

아, 진심 아무 상관없는 말투였다. 그냥 말버릇 중 하나로 생각하는 것이 분명했다. 3대 거짓말. 노인의 '늙으면 죽어야지', 가게 사장의 '밑지고 파는 거예요', 거기에 팀장의 '나 퇴사할 거야'를 추가한 것임에 틀림이 없었다.

나의 퇴사 노래는 역사도 깊다. 4년 차 때였다. 다른 팀에서 일하던 나를, 박웅현 팀장님이 불러서 자신의 팀으로 다시 돌아올 생각이 있냐고 물었다. 모두가 가고 싶어 하는 팀이었다. 모두가 함께 일하고 싶어 하는 팀장님이었다. 하지만 나는 곤란한 얼굴이 되었다. 솔직히 말을 해야 했다.

"음… 다시 돌아가는 건 좋은데요, 근데 오래 같이 일은 못 할 것 같아요.”

“왜?”

“곧 회사를 그만둘 생각이라서요.”

팀장님의 얼굴에 어이없음이 번졌다. 말투에 그 어이없음을 고스란히 담고 팀장님은 다시 물었다.

“그럼 우리 팀에서 얼마나 같이 일할 수 있는 거야? 네 계획에 따르면 말이야.”

“한 9개월?”

“그래, 그럼 9개월이라도 같이 일하자.”

“네.”

하지만 ‘퇴사’라는 두 글자를 실현시키는 건 말처럼 간단한 일이 아니었다. 이제는 정말 그만둬야 할 때가 아닐까 생각이 들면 귀신같이 재미있는 일이 나타났다. 이 일이 천직인가 착각까지 들 때면 어김없이 지독한 고난이 찾아왔다. 그 시기를 또 꾸역꾸역 견디고 나면 때론 보람이 찾아와 퇴사를 만류했다. 거기에 공부를 하는 남편을 만나면서 퇴사는 더 먼 단어가 되었다. 내가 가장이니 무턱대고 퇴사할 수는 없었다. 유난히 잘 견디는, 고통에 역치가 높은 내 성격도 한몫을 단단히 했다. 그렇게 회사를 꾸준히 다니다 보니 어느 날 나는 팀장이 되어 있었다.

팀장이 되자 차원이 다른 고난이 찾아왔다. 바로 광고주 미팅. 이런 때를 상상해보라. 2주 동안 그 회사의 1년 치 커뮤니케이션 전략에 대해 고민하고 토론해서 제안을 하는 자리에서, 대표는 듣지도 않고 코만 계속 파고 있을 때. 대표를 최대한 보지 않으려 노력하면서 코 파는 대표의 마음에 들기 위해 동시에 노력하는 내 모습이 무슨 서커스처럼 느껴질 때. 오래 고민해서 다양한 아이디어를 준비해갔는데 팀장이라는 사람이 프레젠테이션 내내 휴대폰만 들여다볼 때. 그러다 고개를 들고 "뭔가 느낌이 딱 오는 게 없네요"라는 밑도 끝도 없는 피드백을 줄 때. 당신의 회사가 처한 여러 가지 문제점들을 해결할 수 있는 카피를 자신 있게 읽어 내려갔는데, 광고와 아무 관련이 없는 부서의 사람이 뭔가 아는 척을 하고 싶었던 건지 "최근에 ○○ 광고 카피 좋던데, 그 카피 같은 거 없어요?"라는 말을 던질 때. 열거하자면 끝이 없고, 하나하나 곱씹기엔 내 마음이 이미 너덜너덜하다.

하루는 광고주 프레젠테이션을 마치고 나와서 울음을 억지로 참으며 걸었다. 참으려 해도 자꾸 눈물이 터져 나왔다. 말도 안 되는 스케줄 안에 말도 안 되는 분량의 아이디어를 내고, 진심을 다한 프레젠테이션이었다. 팀원들을 달래며, 어떻게든 기운을 불어넣으며, 때론 "우리 천재 아니야?" 셀프 쓰담을 해가며 야근을 했다. 어쨌거나 우리 손에 떨어진 일이었기 때문에 잘해내야만 했다. 하지만 내게 돌아온 것은 우리의 아이디어를 짓밟는 말뿐이었다. 어떻게 고민하고, 어떻게 뼈대를 세우고, 어떻게 살을 붙인 아이디어들인데. 그냥 쓰레기통에 넣은 게 아니라, 갈기갈기 찢고 그것도 모자라 내 마음에 침까지 뱉었다. 아무리 생각해도 그런 말을 들을 어떤 이유도 없었다. 분노와 무력감이 동시에 파도처럼 몰려와 결국 내 눈에는 둑이 터질랑 말랑. 눈물이 찰랑찰랑.

이런 거까지 견디고 싶지 않았다. 이런 모욕감까지 소화하고 싶지 않았다. 그만두는 것만이 답이었다. 만약에 내게 재능이 많다면 광고일도 하고 쓰고 싶은 글도 쓰면서 살겠지만, 나의 재능은 겨우 한 줌이었다. 그 한 줌의 재능을 모욕적인 언사를 견디는 일에까지 허비하고 싶지는 않았다. 능력 있는 사람들은 일도 잘하고, 자기 자신도 잘만 지키던데, 영혼을 다치지 않으며 일을 하는 방법을 나는 도대체 찾을 수가 없었다.

걸으며 결심은 단단해졌다. 그만두자. 한 번 생각하고 났더니 그 방법밖에 없는 것처럼 느껴졌다. 그만두자. 십수 년을 마음속에 간직만 했던 퇴사카드가 손끝에서 구체적으로 만져졌다. '충분히 했다. 이만하면 잘해왔다. 없는 재능으로 충분히 멀리 왔다. 드디어 내가 원하던 퇴사의 순간이구나'라고 생각하는 순간, 존재하는지도 몰랐던 마음 하나가 불쑥 튀어나왔다. 어지러운 마음을 뚫고 단호하게. 오랫동안 웅크린 몸을 한껏 펴고, 힘껏 점프를 하며 큰 소리로.

'이렇게 그만둘 수는 없지!'

뭐라고? 그만둘 수 없다고? 진심이야? 드디어 퇴사할 기회가 왔는데?

그러니까, 이렇게 그만둘 수는 없었다. 얼마나 오래 아껴온 퇴사카드인데, 그걸 나를 존중하지도 않는 사람 때문에 쓸 수는 없었다. 그건 내가 인정하지도 않는 사람에게 너무 큰 권한을 주는 거였다. 이 카드는 온전히 내가 필요할 때, 여기까지면 충분하다고 생각이 들 때, 내가 다른 삶을 결단내릴 때, 내가 쓰고 싶은 카드였다. 나와 우리, 우리 아이디어들에게 무례한 당신들에게 내 삶에 대한 권한까지 넘겨버릴 수는 없었다. 그 권한은 오롯이 나의 것. 내가 생각해서, 내가 판단해서, 내가 가장 원하는 방식으로, 내가 가장 원하는 시기에, 내 결단으로 퇴사는 이루어져야 했다. 그것이 지금까지 십수 년을 해온 내 일에 대한, 내가 다닌 회사에 대한, 그러니까 나에 대한 예의였다.

그때였다. 퇴사카드가 놓여 있던 위치가 달라졌다. 지금까지는 출근하기 싫어서, 불합리한 피드백이 싫어서, 무례한 광고주가 싫어서, 쫓기듯 사는 기분이 싫어서, 에너지가 바닥나서, 습관적으로 만지작거리던 퇴사카드였다. 설명하자면 회사 생활 속에서 매 순간 튀어나오는 싫다는 감정에 대한 반사적인 응답이랄까. 그렇게 습관적으로 퇴사를 말하다 보니 그 말은 공기 중에 닳고 닳아 이제 나조차도 그 말의 무게를 가늠하기 어려웠다. 하지만 그날, 걷고 또 걸으며 퇴사카드의 모습은 바뀌었다. 아니, 진화했다. 마음속 저 깊은 곳에서 언제나 빛을 발하고 있는 비상구로.

드라마 <유미의 세포들>에는 이런 장면이 나온다. 주인공 유미와 남자친구 웅이 사이에 회사의 여자 동료, 새이가 끼어든다. 유미는 그녀가 사사건건 신경에 거슬린다. 웅이와 같은 오피스텔로 이사 온 것도 거슬리고, 직접 만든 유자청을 갖다준 것도 거슬린다. 하지만 그때마다 뭐라고 말하자니 자신이 자꾸 옹졸해지는 것 같고, 그렇다고 모른 척 넘어가자니 새이의 선이 아슬아슬하다. 단호하게 그 관계를 정리하고 싶지만, 유미는 웅이에게 단호할 수가 없다. 웅이를 잃어버릴까 두려워서. 결정적인 순간에 웅이 앞에서 유미는 '항복카드'밖에 내밀 수 없는 것이다. 그러다 관계의 막다른 길 앞에서 유미의 세포들은 유미에게 '항복카드'가 아닌 '이별카드'를 쥐어준다. 이별을 하라는 의미가 아니다. 이별의 위험도 감수하라는 의미다. 유미의 세포들이 말한다. '이별카드를 쥐고 있는 것만으로도 유미는 이제 원하는 대로 할 수 있게 될 거야'라고. 이별까지 각오하고 있으니, 제대로 된 판단이 가능하다. 물러서지 않고 자신의 감정을 솔직히 말할 수 있다. 뒤를 걱정하는 대신 용기를 낼 수 있게 되었다. 이별까지 각오하고 있으니 말이다.

퇴사카드의 힘을 설명하자면 유미의 이별카드와 비슷한 것이 아닐까? 적어도 지금은 그렇다. 불합리한 의사결정 앞에서 내가 어떤 태도를 취하는 것이 좋을까 고민이 될 때. 누군가의 무례한 태도 앞에서 우리 팀을 지켜야 할 때. 사공이 너무 많은 프로젝트에서 갈팡질팡할 때. 내가 팀장이니까 내 판단을 믿고 밀고 나갈 용기가 필요할 때. 나는 퇴사카드를 떠올린다. 그날 이후로 나의 퇴사카드는 내 마음의 비상구가 된 것이다. 어둠 속에서도 빛이 나고, 24시간 내내 열려 있는, 언제든 내가 원할 때 거기로 나가기만 하면 내가 안전해질 수 있는 비상구.

비상구가 있는 한 안심하고 용기를 낼 수 있다. 나의 판단을 더 존중할 수 있다. 나의 목소리에 더 큰 힘을 실을 수 있다. 여차하면? 비상구로 나가면 된다. 한창 재미있는 영화가 상영 중일지라도, 단호하게 일어서서 비상구 쪽으로 나갈 것이다. 스크린의 빛을 정면으로 받고 당당하게 나갈 것이다. 그때 내겐 어떤 미련도 남아 있지 않을 것이다. 미련이라니. 내가 정말로 오랫동안 바라왔던 퇴사라는 꿈이 이뤄지는 순간인데.

나에겐 퇴사카드가 있다. 꺼지지 않는 비상구가 있다. 마음속으로 퇴사카드를 단단히 쥐고, 일하는 내게 말해준다. 지금은 조금 더 용기를 내도 된다고. 조금 더 위험을 무릅써도 된다고. 조금 더 당당해져도 된다고. 퇴사카드가 내게 이토록 큰 힘을 줄 거라고는 미처 상상하지도 못했는데, 어쩌다 보니 여기까지 왔다. 당신의 회사 생활의 비상구는 무엇인가? 통장 잔고? 가족? 일이 주는 보람? 주말? 그것이 무엇이든 꼭 기억하라. 비상구의 불은 항상 켜져 있어야 한다는 걸.

함께

우리가 이야기를 했을 뿐인데,

내일로

이토록 대단한 것들이 우리 사이에 자라나버렸다

건너가는 법

회의의 원칙

오래전《우리 회의나 할까?》라는 책을 쓴 적이 있다. 나의 첫 책이었고, 이후에 쓴 에세이 책들과는 달리 이 책은 철저하게 '회의'에 관한 책이었다. 총 네 개의 프로젝트 회의록을 바탕으로 우리 팀의 회의를 재구성한 이 책은 놀랍게도 11년이 지난 지금까지도 팔리고 있다. 요즘도 종종 신입사원들의 책상에 꽂혀 있는 이 책을 보면 나는 이제는 거의 잊고 지내는 초등학교 친구를 만난 것 같은 기분이 된다. 뭔가 반갑기도 하고 쑥스럽기도 하면서도 어디선가 자신의 몫을 살아내고 있는 친구가 기특해지는 그런 심정?

그 책의 프롤로그에는 당시 우리 팀의 일곱 가지 회의 원칙을 밝혀두었다. 누구도 글로 써서 이 원칙들을 공유한 적은 없지만, 모두가 일사불란하게 지키던 원칙이었다. 일곱 가지 원칙은 다음과 같다.

■ 지각은 없다. 10시 3분은 10시가 아니다.

: 이 원칙만큼은 모두가 목숨처럼 지켰다. 10시 회의가 10시 10분에 시작하면, 그다음 회의도 도미노처럼 계속 밀리다가 결론은 야근밖에 남지 않는다는 걸 모두 알았기 때문이다. 그리고 솔직히 회의 시간을 지킨다는 것은 그 회의에 대한 태도와 맞닿아 있다고 생각한다. 시간은 회의에 대한 최소한의 예의다.

■ 아이디어 없이 회의실에 들어오는 것은 무죄, 맑은 머리 없이 회의실에 들어오는 것은 유죄.

: 회의 시간에 아이디어를 많이 가져가면 팀장에게 사랑받을 것 같지만 실상은 그렇지 않았다. 열 개의 뻔한 아이디어보다는 한 개의 똘똘한 아이디어가 중요하다. 하지만 꼭 똘똘한 아이디어를 가져가야만 한다는 강박 같은 것도 버리도록 하자. 차라리 맑은 머리로 남들의 아이디어를 귀 기울여 듣는 편이 회의에는 더 도움이 될 수 있으니까.

■ 누군가가 아이디어를 이야기할 땐 마음을 활짝 열 것. 인턴의 아이디어에도 가능성의 씨앗은 숨어 있다.

: 박웅현 팀장님의 회의가 다른 회의들과 가장 달랐던 점은 바로 이 부분이었다. 아이디어에 계급장을 달아주지 않았다. 부장의 아이디어와 인턴의 아이디어는 동일한 지위를 가졌다. 물론 성공 확률은 부장 쪽이 더 높았지만 인턴의 아이디어에도 좋은 부분이 있다면 팀장님은 꼭 그 부분을 살려주셨다. 벅찬 가슴을 안고 퇴근하는 인턴이 우리 팀에 유난히 많았다.

■ 말을 많이 할 것. 비판과 논쟁과 토론만이 회의를 회의답게 만든다.

: 이 항목은 너무 중요해서 이 책에 따로 글 한 편을 써두었다. 팀장님은 늘 "회의 시간에 말 많이 하는 순서대로 연봉을 받아야 해"라고 하셨고, 그때마다 나는 '그럼 내가 우리 팀에서 제일 연봉을 많이 받아야 할 텐데…'라고 생각했다. 팀장님의 저 주장은 현실화되지 못했다. 내 연봉이 증명한다. 아쉽게도. 정말 아쉽게도.

■ 회의실 안의 모두는 평등하다. 아무도 비판에서 자유로울 수 없다. 심지어 팀장의 아이디어에 대해서도 무자비해야만 한다. 누가 말했느냐가 중요한 것이 아니라, 무엇을 말했느냐가 중요하다.

: 팀장님이 아이디어를 내도 동의가 되지 않으면 우리는 조목조목 반박했다. 팀장의 아이디어에도 그럴 지경이니 서로의 아이디어에 대해서는 어땠겠는가. 우리는 서로의 아이디어에 무자비했지만, 놀랍게도 그 과정 중에 상처를 호소하는 사람은 없었다. 의기소침한 사람도 하나 없었다. 속으로는 자존심이 상했을지라도 모두 겉으로는 의연했다. 어쨌거나 우리의 회의 결과를 위해서는 어쩔 수 없는 과정이라는 것에 모두 동의를 했기 때문이다.

■ 아무리 긴 회의도 한 시간을 넘기지 않는다.

: 이 부분에서 박웅현 팀장님의 탁월함이 빛을 발했다. 우리가 아무리 마구잡이로 아이디어를 책상 위에 던져놓아도 팀장님은 그 사이에서 길을 찾았다. 놀랍게도 한 시간 안에. 물론 한 시간을 넘기지 않기 위해 우리 모두는 회의 시간 내내 치열했다. 열심히 남의 아이디어를 듣고, 열심히 생각하고, 열심히 의견을 내다 보면 한 시간이 우리의 체력이 견딜 수 있는 최대치의 회의 시간이었다.

■ 회의실에 들어올 땐 텅 빈 머리일지라도 회의실에서 나갈 땐 각자 할 일을 명확히 알아야만 한다. 다음 회의에 대한 최소한의 예의다.

: 회의가 끝나면 이젠 우리의 팀워크가 빛을 발할 차례였다. 누

가 시키지 않아도 우리는 다음 회의까지 각자가 할 일들을 정리했다. 그렇게 각자가 할 일들을 해서 다음 회의 때 만나면 프로젝트 진도가 쭉쭉 나간다는 걸 알고 있었기 때문이다. 비유를 하자면, 분명 지난번 회의에서는 250페이지까지 진도가 나갔는데, 다음 회의는 350페이지부터 시작하는 경우가 많았다. 모두 각자가 할 일을 명확히 알고, 명확히 해왔기 때문에 가능한 일이었다. 참고로 박웅현 팀장님은 이 원칙이 가장 중요한 원칙인 것 같다고 책이 출간된 이후에 말씀하셨다.

아무튼 내가 팀장이 되고 나서 깨달은 건, 이 일곱 가지 원칙을 다 지키면서 일을 하기란 여간 어려운 일이 아니라는 것이었다. 말을 많이 하는 분위기를 만드는 것에도 노력이 많이 필요했고, 아이디어 없이 회의실에 들어오는 데에는 그보다 더 큰 배짱이 필요해 보였다. 무엇보다 한 시간이 넘지 않는 회의를 만든다는 목표는 나 같은 초짜 팀장에게는 마치 히말라야산처럼 느껴졌다. 물론 시간이 흐르면서 나의 회의력도 조금씩 나아지긴 했지만.

저 원칙들을 써 내려갔을 때 나는 7년 차 카피라이터였다. 그리고 지금 나는 7년 차 팀장이 되었다. 이제는 여기에 내가 생각하는 좋은 회의의 원칙을 조금 덧붙여도 되지 않을까. 좋은 회의에 대해서는 팀장 김민철도 하고 싶은 말이 좀 있으니까.

회의실을 향할 때 가끔 생각한다.
계단에서 아주 살짝만 구른다면…
오늘 회의에는 잠시 빠질 수 있을까나~
(불행인지 다행인지 아주 건강하게 회의실까지 들어감…)
으어억! ㅋㅋㅋ
핵이득?!
아무튼 회의가 끝났다.
나의 할 일도 명확해졌다.
일단, 밥부터 먹자!!
먹고살자고 하는 거니까!!!

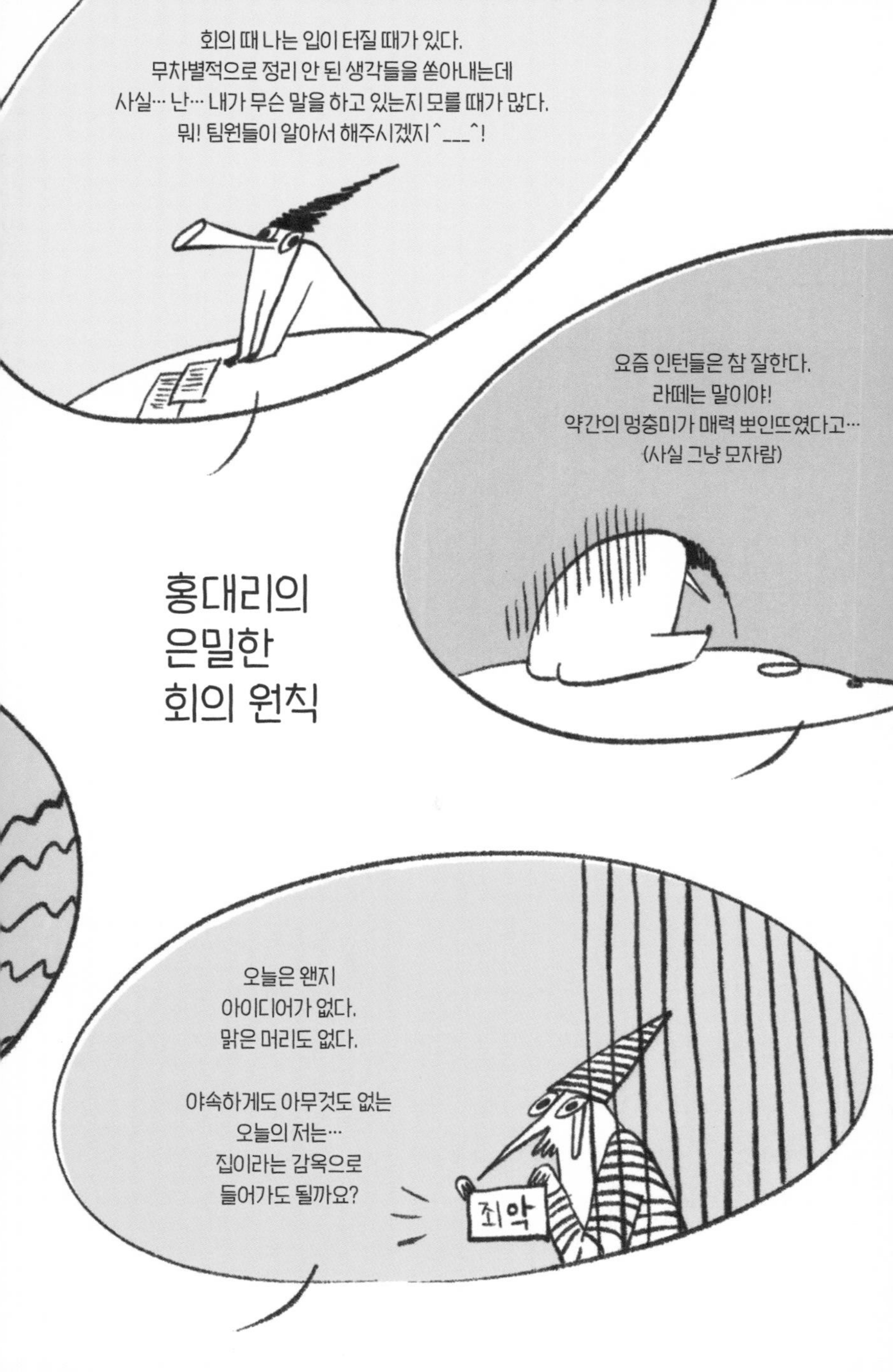

홍대리의 은밀한 회의 원칙
회의 때 나는 입이 터질 때가 있다. 무차별적으로 정리 안 된 생각들을 쏟아내는데 사실… 난… 내가 무슨 말을 하고 있는지 모를 때가 많다. 뭐! 팀원들이 알아서 해주시겠지 ^___^!
요즘 인턴들은 참 잘한다. 라떼는 말이야! 약간의 멍충미가 매력 뿜뿜이었다고… (사실 그냥 모자람)
오늘은 왠지 아이디어가 없다. 맑은 머리도 없다.
야속하게도 아무것도 없는 오늘의 저는… 집이라는 감옥으로 들어가도 될까요?
죄악

말 기둥 세우기

팀장이 되고 나서 얼마 지나지 않았을 때의 일이다. 나의 오랜 팀장님과 광고주 미팅을 가던 길에 내가 입을 열었다.

“김민철이 팀원이라서 정말 좋으셨겠어요.”

얘는 또 왜 이러나, 또 무슨 말을 하려고 이러나 싶은 표정으로 나의 오랜 팀장님은 나를 바라보셨다. 해명이 필요하다.

“저는 참 말을 많이 했잖아요. 회의 시간에도 언제나 제일 먼저 말하고, 남의 아이디어에 대해서도 제일 먼저 입장을 밝히고. 근데 팀장이 되고 나니까 회의 시간에 꼭 허허벌판에 서 있는 기분이더라고요. 어디로 가야 할지, 어디에 답이 있는지 하나도 모르겠고. 근데 있잖아요. 누가 한마디라도 해주면 그 허허벌판에 기준이 하나씩 서더라고요. 그 느낌 아시죠?"

"알지. 너무 잘 알지."

"좋은 의견이면 쓰러지지 않을 튼튼한 기준이 되고, 말도 안 되는 의견이면 저쪽으로 가면 안 되겠구나 싶은 기준이 되고. 그런 시간을 겪다 보니, 제가 말이 되건 말건 계속 말한 게 팀장님에게 도움이 됐을 수도 있겠다 생각이 들더라고요. 물론 팀장님이 아니라고 그럴 때도 너무 말해서 문제긴 했지만. 팀원들을 말하게 만드는 게 생각보다 너무 어렵네요."

팀장이 되고 나서 첫 고민이 '말'이 될 줄은 몰랐다. 정말 몰랐다. 워낙 내가 물불 가리지 않고 아래 위 눈치도 보지 않고 말을 많이 하던 사람인지라 팀원들도 당연히 그럴 거라고 생각했다. 하지만 회의 시간에 각자의 아이디어만 말하고 더 이상의 의견은 내지 않는 시간이 잦았다. 침묵이 가득한 회의실이라니. 이런 회의실은 경험해본 적이 없어서 낯설었다. 그렇다고 내가 주구장창 떠들 수는 없었다. 팀장의 말이라고 다들 끄덕이고 있는 팀을 바란 적도, 꿈꾼 적도 없었다. 어쩌면 가장 피하고 싶은 팀은 바로 그런 팀이었다. 어떻게든 팀 사람들이 입을 열도록 만들어야 했다. 그들의 생각을 표현하게 만들어야 했다.

말. 말이 왜 그렇게 중요할까. 당연하게도 상대가 당신의 마음속에 들어갈 수 없기 때문이다. 생각을, 의견을, 불만을, 걱정을, 작은 팁이라도 말을 해야 알 수 있다. 팀장은 어쩌다가 회사를 오래 다닌 사람이지, 독심술을 익힌 사람이 아니다. 생각을 말이라는 그릇에 담는 것. 담아서 남들 앞에 보여주는 것. 회사를 다니는 사람에게는 주어진 일을 하는 것만큼이나 중요한 일이다. 반드시 해야만 하는 일이고.

물론 처음부터 쉬울 리 없다. 말을 하기 위해선 상대의 말을 듣는 것과 동시에 이해를 하고, 부족한 부분이 없는지 살피고, 내 의견까지 정리해야 한다. 그 모든 일이 한꺼번에 머릿속에서 이루어져야만 한다. 그 와중에 완벽한 문장으로, 완벽한 논리로, 정답 같은 의견을 계속 말한다고? 그건 김연아의 트리플 악셀 경지다. 불가능하다는 이야기다. 그러니 그런 이상향에 대한 강박은 내려놓고 불완전해도 좋으니, 정답이 아니어도 좋으니, 자신의 생각을 조금이라도 입 밖으로 꺼내놓는 것을 연습해야 한다. 내가 연습한 말은 이거였다. "근데…."

'근데…'라는 말을 내뱉는 것과 동시에 모두의 시선이 내게 와 꽂혔다. 갑자기 머릿속이 하얗게 되었다. 분명 뭔가 생각한 것이 있었던 것 같은데, 그걸 말해도 될까, 분위기를 그르치는 것이 아닐까, 각종 걱정이 머릿속을 채운다. 하지만 이미 첫 마디는 엎질러졌다.

어떻게든 '근데…'를 책임져야 한다. 다음 말을 이어가야 한다. "근데… 제 생각엔… 음… 그쪽 방향으로 가면 원래 목표와 좀 멀어지는 것 같은 느낌이에요." 겨우 말을 끝맺었다. 원래 목표와 어떻게 멀어지는 건지, 그래서 어느 방향으로 가자는 건지도 다 빠져 있는 순진무구한 의견 하나. 하지만 그 말을 내뱉는 순간 회의실 안에는 나만의 손바닥만 한 영토가 생겼다. 반대 의견이, 비판이, 동의하는 말들이 더해졌지만, 어쨌거나 회의가 끝날 때까지 거기, 아직, 내 말이 있었다. 아무도 못 보지만, 신입사원인 내 눈에는 똑똑히 보였다.

회의실 안에서 한 사람의 말은 한 사람의 영토가 된다. 일견 각자의 지위에 따라 영토가 정해져 있는 것처럼 보이기 쉽다. 한가운데 앉은 사람이 가장 큰 영토, 그 옆에 앉은 사람이 그다음 크기, 그렇게 나눠 가지다 나는 손바닥만 한 땅덩이에 위태롭게 서 있는 것처럼 느껴질 것이다. 하지만 회의실 안 영토는 고정되어 있지 않다(물론 고정되어 있는 수많은 회의실이 있다는 것을 안다. 이 경우에는 '회의실'이 아니라 '명령실'이라고 이름을 바꿔 부르는 게 어떨까?). 회의 시간은 말로 자신의 영토를 한 뼘씩 늘려 나가는 시간이다. 총도 칼도 없다. 자료와 생각과 의견, 이것을 재료로 삼아서 말을 해야만 한다. 언제부터? 지금부터. 시키는 일만 고분고분 잘해도 괜찮은 시간은 의외로 짧고, 어느 순간 사람들이 당신의 입을 바라보는 시기가 찾아온다. 자신이 말을 해야 하는 시간이 왔을 때 아무런 준비 없이 무작정 뛰어들 순 없다. 연습이 필요하다. 한 번도 안 넘어진 김연아를 상상할 수 있는가? 넘어지는 것도 자주 해봐야 선수가 된다.

그렇다고 다짜고짜 팀원들을 다그칠 수는 없었다. 팀원들이 기꺼이 연습하게 만들기 위해선 크고 푹신한 매트를 준비해야 했다. 어떤 말을 던져도 다치지 않는 안전한 매트. 그러니까 어떤 말을 해도 들어주는 사람이 있다는 확신. 나는 귀를 아주아주아주 크게 만들기로 했다. 품을 아주아주아주 넓게 벌리기로 했다. 그리고 기다리지 않기로 했다. 묻고, 들었다. 반영하고, 다시 물었다. 팀 사람들의 아이디어를 앞에 두고, 계속 물었다. 이렇게 하면 어떨까? 이런 이런 문제가 있을까? 괜찮을 것 같아? 근데 나는 이런이런 게 걱정이 되는데 그건 또 어때? 오! 이렇게 하면 캠페인이 좀 짜임새가 있을 것 같지 않아? 아닌가. 아! 좋은 아이디어 생각났다. 말하다 보니 또 이상하네. 아니야? 괜찮아?

그렇게 시간이 한참 지난 어느 날 오전, 여느 때와 다름없이 회의를 했다. 결정할 게 많은 회의였다. 반드시 이 회의에서 모든 것을 정리하겠다, 라는 마음가짐으로 모두 회의실에 들어왔다. 이제까지 우리가 낸 아이디어를 쭉 펼쳐놓고, 말을 시작했다. 나에게서 시작된 말은 계속 이어졌다. 다른 팀원으로 또 다른 팀원으로. 촘촘

한 필터를 거친 말들이 아니었다. 머리에서 번뜩일 때마다 입에서 바로 출력되었다. 모두가 말했고, 모두가 들었고, 모든 것이 반영되었다. 그렇게 평소보다 좀 길게 회의를 하다 보니 더 이상 어떤 말도 더 하고 싶지 않은 순간이 찾아왔다. “이 정도로 회의 끝마칠까?”라고 말했더니 팀 사람들이 “네”라고 대답하면서 자신들도 모르게 박수를 쳤다. 모두 상기된 얼굴이었다.

회의실을 나오며 카피라이터가 말했다.

“오늘 회의, 진짜진짜 좋았어요.”

점심을 먹으러 가며 아트디렉터가 말했다.

“아까 회의, 진짜 좋았어요.”

점심을 먹고 나오며 부장 아트디렉터가 말했다.

“CD님, 아까 회의 진짜 괜찮았던 거 같아요.”

가슴을 쓸어내리며 나는 말했다.

“아, 이거면 다 된 거 같아.”

그렇게 마침내 나는 내가 좋아하는 팀에서 일하게 되었다.

마음껏 얹으세요

너도 좋고 나도 좋은 회의를 만드는 팁이야 많고 또 많지만 그중 내가 제일 좋아하는 것은 바로 '숟가락 얹기 기술'이다. 어렵지도 않다. 좋은 아이디어가 나오면, 거기에 잽싸게 숟가락을 얹는 거다. 찌개를 끓이는 것도 아니고, 밥을 하라는 것도 아니다. 상을 차리라는 것도 아니다. 그냥 맛있어 보이는 아이디어에 숟가락을 얹으라는 거다. 겨우 그거냐고? 정말 그거다. 남의 아이디어에 숟가락을 얹다니 너무 염치없는 거 아니냐고? 염치를 차려가며 잘 얹으면 된다. 혼자 다 먹어 치우겠다는 욕심 없이 가볍게 얹으면 된다. 정말 된다. 다음의 말을 연습해보자.

"와, 그 아이디어 너무 좋은데요? 이거 꼭 해보면 좋겠어요."

자기 아이디어에 힘을 실어주는데 싫어할 사람이 누가 있겠는가? 누군가가 이렇게 나서주면 주변 사람 모두 그 아이디어를 한 번 더 들여다보는 효과까지 있다. 더 긍정적인 시선으로 말이다. 물론 더 적극적으로 숟가락을 얹으려면 자신의 아이디어를 더하는 것도 좋다.

"와, 그 아이디어 너무 좋은데요? 그걸 ○○방법으로 실행해보는 거 어때요?"

핵심은 간단하다.

1. 상대의 생각을, 아이디어를 칭찬한다.
2. 그 아이디어에 더 좋은 아이디어를 더한다.

이게 전부다. 너무 쉽지 않은가? 이걸로 좋은 회의가 된다고? 의아해하는 눈초리가 느껴진다. 그럼 숟가락 얹기의 기술로 도배가 된 실제 회의 사례로 설명을 해보겠다.

몇 해 전, 한 가구회사 광고를 우리 팀에서 도맡아 할 때의 일이다. 당시 광고주는 '디자인'에 대해 커뮤니케이션하길 원했다. 디자인 담당자들과 임원들까지 모두를 인터뷰했다. 그 결과 그 회사의 디자인에 대해서 말을 하기 위해서는 '예쁘다/감각적이다' 이런 수식어로는 부족하다는 판단을 내렸다. 디자인팀 사람들이 이렇게 말했기 때문이다.

"여긴 선 하나에도, 각도 하나에도 이유가 있어야 해요."

'이유 있는 디자인'을 키 콘셉트로 잡고 회의를 시작했다. 디자인이 주제다 보니 당연히 전시회를 하자는 아이디어부터 나왔다. 너무 뻔한 아이디어라고? 그럼 안 뻔하게 만들면 될 일이었다. '전시회'라는 아이디어가 워낙 가능성이 커보였기 때문에 우선 그 아이디어를 회의실 한가운데에 우뚝 세웠다. 자, 이제는 숟가락을 얹을 차례다. 나부터 잽싸게 얹었다.

"전시회는 좋은 거 같아. 근데… 공유 씨를 어떻게 거기에 넣지?"

"음… 전시회의 도슨트 역할을 하는 건 어때요?"

"전시회에서 설명하는 사람 말씀이죠? 좋은데요? TV 광고 녹음할 때 도슨트 멘트 녹음도 같이 진행하고!"

이렇게 전시회 아이디어가 구체화되는 와중에 또 다른 사람이 숟가락을 얹었다.

"오, 그럼 아예 TV 광고도 전시장 콘셉트로 가는 거 어떨까요?"

"좋다 좋아. 아예 공유 씨가 도슨트로 등장을 해서 각각의 가구를 설명해주는 바이럴 필름도 만들까?"

"좋아요. 진짜 도슨트처럼 하얀색 셔츠를 딱 입고! 잘 어울릴 것 같아요."

이렇게 순식간에 몇 개의 숟가락이 얹혀졌다.

"근데 현실적으로 전시회를 여러 군데에서 열 수는 없잖아요. 가로수길에서 열었다가는 우리만 보는 거 아니에요? 뭔가 방법이…."

"매장!"

"오! 전국 매장을 전시장으로 바꾸면 되네요! 우리 천재 아니에요?"

서로 천재라 치켜세우며 우리는 '전시'라는 아이디어에 마음껏 숟가락을 얹었다. 최소한의 변화로 매장을 전시장으로 바꾸는 방법에 대해서 말했고, 누군가는 팸플릿 제작을 말했고, 또 누군가는 매장에 오디오 가이드도 함께 비치하자고 말했다. 또 누군가는 오프라인 전시뿐만이 아니라 온라인 전시도 병행하면 좋겠다고 이야기했고, 그 말에 또 곧바로 누군가가 숟가락을 얹었다.

"인스타그램에 갤러리를 오픈하면 되겠네!"

겨우 한 시간 우리가 모였는데, 이미 캠페인은 단단해져버렸다. 거대해져버렸다. 서로가 서로의 아이디어를 좋게 보고, 숟가락을 툭툭툭툭 계속 얹었더니 밥상이 가득 차다 못해 마지막엔 숟가락을 얹을 자리가 안 보였다. 덕분에 정말 배부른 기분으로 회의를 마칠 수 있었다. 숟가락 얹기는 이 캠페인 내내 계속되었다. 특이하게

TV 광고 카피도 내가 처음 던진 말에 카피라이터가 숟가락을 얹고, 마지막에는 아트디렉터가 숟가락을 얹으면서 완성이 되었다.

"왜?"라고 물으세요. (내가 이 카피를 던졌고)

계단 모양에

거울 각도에

다리 높이에.

대답할게요. (가구들을 하나하나 다 공부해서 카피라이터들이 이 카피를 정리했고)

○○의 디자인에 그냥은 없습니다. (막내 아트디렉터가 이 카피를 마지막으로 얹었다.)

물론 아이디어를 내는 일과 실행을 하는 일은 또 완전히 다른 차원의 어려움이라서, 이 아이디어를 실행하기 위해 광고주부터 기획팀과 전시이벤트팀까지 모두 오래 고생했다. 하지만 우리가 서로의 아이디어에 거침없이 숟가락을 얹어가며 완성한 '우리의 아이디어'는 캠페인 내내 굳건히 우리의 지도가 되어주었다. 그리고 이듬해 이 캠페인은 에피 광고제(실제 광고 효과를 바탕으로 수상하는 광고제)에서 금상을 탔다. 숟가락 한번 잘 올렸을 뿐인데 오래 자랑할 만한 우리의 성과가 되었다.

오래전 황정민 배우가 청룡영화상에서 밥상 이야기를 한 적이 있다. 자기는 수많은 스태프들이 차려놓은 밥상에 숟가락을 얹어 맛있게 먹었을 뿐이라고. 이건 극진한 겸손의 표현이었지만, 듣는 사람들은 모두 알고 있었다. 그 밥상을 맛있게 먹는 것도 그의 능력이라는 것을. 좋은 시나리오를 만났을 때 그 기회를 놓치지 않고 바로 숟가락을 얹어서 훌륭하게 자신에게 주어진 역할을 해내는 것이 얼마나 대단한 일인지를. 마찬가지다. 좋은 아이디어를 만났을 때 그 가능성을 놓치지 않고 바로 숟가락을 얹어서 훌륭한 아이디어로 키워내는 것도 우리 모두가 익혀야 하는 대단한 기술인 것이다.

'숟가락 얹는 기술'을 이야기하면 사람들은 부정적인 의미부터 떠올리지만 이 기술은 충분히 좋은 의미를 띨 수 있다. 숟가락을 얹는다는 것은 좋은 아이디어에 옷을 입혀주고, 신발을 신겨주고, 머리도 매만져주고, 심지어 날개까지 달아주는 것이니 말이다. 남의 아이디어에 나의 숟가락을 얹어서 더 버젓한 아이디어로 만들어주라는 거다. 도둑놈 심보 없이, 그러니까 이 밥상을 나 혼자 다 먹어치우겠다는 욕심 없이, 순수하게 숟가락을 얹어보라. 원래 아이디어를 낸 사람은 당신을 평생의 은인으로 기억할 수도 있다. 평생은 너무 과장이 심한가? 적어도 그날 하루 그 사람에게 당신은 고마운 사람이 될 것이다.

한 사람이 좋은 아이디어를 낼 수 있다. 하지만 거기에 여러 사람이 숟가락을 얹어서 '우리 아이디어'로 발전을 시키면 그 아이디어의 가능성은 종잡을 수 없게 커진다. 그래서 나는 자주 팀원들에게 말한다.

"혼자서 다 정리하려고 하지 말고, 생각한 것까지만 가져와."

처음엔 나의 이 말에 의아해하던 팀원들도 시간이 지나자 내 말에 담긴 진심을 알아봐주었다. 같이하자는 거다. 좋은 아이디어 단초가 있으면, 나부터 어깨를 확 밀치며 숟가락을 얹을 테니 우리 같이 아이디어를 완성시키자는 거다. 뛰어난 개인보다 평범한 우리가 나을 확률이 더 높다는 걸 나는 아니까. 기쁜 건, 이젠 팀 사람들도 그 사실을 매우 잘 아는 것 같다. 종종 이런 말을 하는 걸 보면 말이다.

"팀장님, 그냥 우리 모여서 정리할까요?"

이 말에 가장 적극적으로 대답하는 사람은, 언제나 나다.

팀보다 위대한 선수는 없다.

_알렉스 퍼거슨

우리 속에는 이미 답이 있어

새로운 프로젝트가 시작되었다. 미리 광고주를 만나 새 프로젝트에 대해 설명을 들은 기획팀이 1차로 생각을 숙성시킨다. 자료를 찾고 방향을 설정한다. 그다음에 제작팀인 우리를 만나 오리엔테이션을 한다. 대체로 제작팀은 백지 상태다. 아예 처음 듣는 광고주일 때도 있고, 생소한 분야일 때도 많다. 그래서 오리엔테이션을 들을 때는 평소보다 집중력을 높인다. 들으면서 생각나는 사례들을 노트 옆에 적어두고, 의문 나는 점도 그때그때 계속 물어본다. 그렇게 한 시간 정도 오리엔테이션이 끝났다. 이제 공은 우리에게 넘어왔다.

여기가 중요하다. 첫 단추를 어떻게 꿰느냐. 물론 첫 단추를 잘못 꿴다고 해서 프로젝트 전체가 망가지거나 구제불능의 상태로 돌입하는 건 아니다. 그 정도로 우리가 허술하진 않다. 하지만 만약 첫 단추를 잘 꿴다? 이 프로젝트는 비포장도로를 달리다가 갑자기 포장도로로 올라서게 된다. 뭐 고속도로까지 도착하려면 아직 한참 남았지만 포장도로가 어딘가. 속도는 더 쉽게 날 것이고, 달릴 방향도 더 쉽게 보일 것이다. 그래서 오리엔테이션이 끝나면 우리 팀은 모여서 첫 단추를 꿰려고 노력한다. 잠깐이라도 모여서 오리엔테이션을 들으면서 생각한 것들을 꺼내놓는다. 다른 광고 사례부터 언젠가 봤던 유튜브나 혹은 아침에 잠깐 봤던 뉴스나 오래전 친구에게 들은 이야기까지 가리지 않고 꺼내놓는다. 이 프로젝트에 좁은 오솔길이라도 낼 수 있다면 뭐든지 환영이다. 이게 무슨 의미인지 의심하지 말고, 잡담에 한계를 두지 말고, 뭐 대단한 아이디어를 건지겠다는 마음을 내려놓고, 이 프로젝트를 위해 서로의 생각들을 흡수하면서 머리를 말랑하게 만드는 것이다. 아, 저렇게 생각할 수도 있구나, 아, 저런 생각은 좀 기발한데? 쉽게 말하면 브레인스토밍 시간이다.

한번은 가정용 폐 의료기기에 대한 광고 오리엔테이션을 받았다. 당연히 기기의 작동 원리부터 이 기기를 쓰면 몸에 어떤 변화가 있는지, 폐와 기관지가 얼마나 깨끗해지는지, 어떤 효능이 중요한지에 대한 내용이 주를 이뤘다. 오리엔테이션이 끝나고 우리 팀은 모였다. 물론 잡담부터 시작했다. 나도 한번 써보고 싶다, 담배 피우는 사람들은 효과가 더 좋으려나, 이런 이야기들이 오가는 와중에 누군가가 나지막이 중얼거렸다.

"조끼…."

그 순간 직감적으로 거기에 뭔가가 있다는 걸 깨달았다.

"조끼… 오! 입는다!"

아이디어 회의는 보통 이런 식으로 밖에서 보면 선문답 혹은 헛소리들처럼 보이기 때문에 저게 뭔 대화인가 싶겠지만, '입는다'라는 단어를 말하는 순간, 회의실 안의 모두는 거기에 다른 답이 있다는 걸 알았다. 보통의 의료기기처럼 효능을 이야기하는 뻔한 방법 말고, 이 기기가 입는 것만으로도 얼마나 간편하게 관리가 가능한지를 이야기한다면, 그걸 이야기하는 것에 성공한다면 이 프로젝트는 성공할 수 있지 않을까? 작은 희망이라도 찾았다면, 이 회의의 효능은 다했다. 이 회의를 통해 우리는 프로젝트에 작은 오솔길 하나를 찾았다. 물론 그 길로 가다가 더 매혹적인 길을 발견할 수도 있다. 그럼 또 그 길로 가보면 되는 것이다. 첫 회의에서 이미 오솔길을 낸 우리에겐 시간도 여유도 있었다.

물론 나도 처음부터 이런 식의 회의가 익숙했던 건 아니다. 첫 감을 나누는 회의가 중요하다는 걸 알면서도 자꾸 회피하고 싶은 마음이 컸다. 잘해낼 자신이 없어서. 하지만 나의 첫 감을 팀원들에게 알리는 회의가 아니라, 우리의 첫 감들을 공유하는 회의라고 서서히 생각을 바꿔 나갔다. 무슨 말을 해야 할지도 모르면서 우선은 모이자, 라는 말을 용기내서 팀원들에게 던졌다. 무슨 말을 해야 할지 아무도 몰라서 멀뚱멀뚱했던 회의도 있었지만, 누군가의 직관으로 모두가 빛을 본 회의도 있었다. 단 몇 번의 성공에 기대서 이제는 다들 이 회의에 조금씩 마음을 열어가고 있는 것 같다.

서로의 첫 감을 나누는 자리는 생각보다 요긴하게 쓰인다. 어떤 회사는 다른 회사와 미팅을 마치고 나오면 그 길로 바로 미팅을 가진다고 한다. 바로 앞 카페에 모두 모여 앉아서, 방금 전 미팅에서 나온 이야기들을 정리하는 것이다. 그것이 어떤 의미였는지, 어떤 맥락에서 나온 이야기인지를 서로 이야기한다. 잘 이해되지 않았던 이야기는 그 짧은 미팅으로 인해 명확해진다. 거기에 미팅 중에 떠오른 서로의 아이디어까지 공유하면, 튼튼한 해결방안이 그 자리에서 마련되기도 한다. 명확한 결론이 나오지 않더라도 적어도 다음 미팅까지 뭘 하면 좋을지에 대해서는 이야기가 가능하다. 그렇게 각자 다르게 미팅을 해석할 여지를 차단하고, 모두의 두뇌를 동기화하는 것이다. 방금 마친 미팅이라 정리에 그다지 많은 시간이 필요하지도 않다. 대단한 노력이 따로 필요하지도 않다. 하지만 미팅 중에 나온 이야기는 선명해졌고, 우리가 가야 할 길도 이미 눈앞에 보인다.

아이디어를 위해선 풍성한 정보가 필요하다. 냉철한 분석도 필요하다. 논리적인 해석도 물론 필요하다. 하지만 그보다 직관의 힘에 슬쩍 기대보는 태도도 필요하다. 어쨌거나 우리가 텅 빈 채로, 어떤 생각도 없이 지금까지 살아오진 않았을 테니 말이다. 물론 풍성한 경험을 가지고 있다면, 다양한 방면의 지식을 가지고 있다면 이 직관은 조금 더 위력을 발할 것이다. 그것을 위해 평소에도 세상에 대한 관심을 놓지 않은 채로 살다가 거기에서 건져 올린 직관을 풍성하게 풀어낸다면? 그 자리의 효과는 아무리 강조해도 지나치지 않다.

최근에 팀장 역할에 대해 곤란함을 토로한 친구가 여럿 있었다. 모두 상황은 달랐지만 모두 비슷한 이야기였다. 팀원일 때는 혼자 아이디어를 내고, 혼자 그걸 정리해서 회의 시간에 짜잔 하고 보여주면 그걸로 충분했는데 팀장이 되고 나니 뭘 어떻게 해야 할지 모르겠다는 거였다. 오리엔테이션을 받고 나면 팀원들이 모두 어디로 가야 할지 방황하는 모습이 보이는데, 실은 팀장 본인도 어디로 가라고 말을 할 수 없을 때의 답답한 상황이 찾아온 것이다. 마치 과거의 나를 보는 느낌이었다.

"당연히 팀장에게도 답이 없죠."

"네? 그런 건가요?"

"팀장도 지금 막 오리엔테이션을 받은 거잖아요. 팀장에게도 생각을 숙성할 시간이 필요하죠."

"그렇죠? 근데 팀원들을 방치할 수도 없고…."

"그래서 저는 오리엔테이션 받자마자 각자 느낀 것들, 생각한 것들을 자유롭게 풀어놓는 시간을 가지곤 해요. 아무거나 이렇게 저렇게 말을 하다 보면 가능성이 여기저기에서 발견이 되거든요. 아무것도 말하지 않은 채로 헤어지는 것보다 훨씬 더 효과적일 거예요. 팀장이니까 뭐 대단한 걸 해야 한다는 부담감은 가지지 마세요. 괜찮아 보이는 것들만 툭툭 건드려주면 팀원들이 알아서 어디로 달려야 할지 감을 잡을 거예요."

신기하게도 비슷한 시기에 세 명의 팀장이 나에게 고민을 털어놓았고, 그들 모두에게 이 팁을 나누어주었다. 효과가 있더라는 답부터, 효과는 모르겠지만 뭔가 근사한 팀장이 된 것 같은 기분은 들더라는 후기까지 받았다. 이 팁을 여러분에게도 권한다. 우리의 직감은 힘이 세다.

아이디어의 주인은 누구일까

여기, 어젯밤 열심히 생각한 아이디어가 있다. 오늘 아침 지하철 안에서 번뜩인 아이디어도 있다. 잠깐 내가 천재가 아닐까 생각하게 만든 아이디어도 있다. 이 프로젝트에 결정적인 실마리가 될 것 같은 아이디어도 있다. 그리고 그 옆에 회의 시작 직전 생각나서 다 완성하지 못한 채로 내민 아이디어도 있고, 부끄러워서 차마 아는 척하고 싶지도 않은 아이디어도 있다. 그 모든 아이디어들이 회의실 책상 위에 사이좋게 놓여 있다. 이 아이디어들의 공통점은 오직 하나. 방금 원래의 주인을 떠났다는 것. 그게 어떤 아이디어건 간에 당신이 당신의 아이디어를 말하는 것과 동시에 그 아이디어의 주인은 회의실 안의 모두에게로 이관된다. 회의실 안의 구성원 모두가 아이디어들의 주인이다. 혼란스러운가? 하지만 이 원칙에 동의해야만 회의는 순조롭게 진행될 수 있다.

상상해보라. 처음 자기가 낸 아이디어에 대해 고집을 꺾지 않는 한 사람을. 마치 자기가 낸 아이디어만이 정답인 양 우기는 한 사람을. 회의실에 들어왔으면서 아이디어의 소유권을 동료들에게 넘길 생각이 없는 것이다. 이런 사람의 아이디어에 대해 지적하면 그 사람은 높은 확률로 그것을 자기 자신에 대한 비난으로 받아들일 것이다. 연차가 높은 사람이라면 '어떻게 감히'라는 마음을 가질 것이고, 연차가 낮은 사람은 '내가 뭘 잘못했나'라고 생각할 것이다. 회의는 덜그럭거린다. 그나마 팀원이 그럴 때에는 상사가 정리할 수 있는 여지가 남아 있지만, 상사가 이런 식으로 나오면 답이 없다. 서서히 팀원들은 입을 닫는다. 모두 상사의 말을 받아 적고만 있다. 별다른 도리가 있나. 그때쯤이면 대부분은 어느 정도 그 일에서 마음을 뗀다. 진심을 거두고 하라는 일만 하게 된다. 어쩌겠는가, 상사가 자신의 말만 맞다는데. 다시 말하지만, 별다른 도리가 없다.

회의실에서는 '내 아이디어'가 '우리 아이디어'로 변한다는 걸 받아들이면 많은 것들이 달라진다. 우선 좋은 아이디어를 알아보는 눈이 생긴다. 누군가가 나의 아이디어를 좋게 봐주길 기다리는 대신, 수많은 우리 아이디어들 중에서 가장 반짝이는 아이디어를 골라낼 수가 있게 되는 것이다. 냉정한 눈으로, 넓은 마음으로. 왜? 이건 모두가 우리 아이디어니까. '우리 아이디어'라는 라벨을 달고 다른 팀을 만나고, 광고주를 만나야 할 테니까, 우리 아이디어가 어디서도 기죽지 않으려면 가장 반짝이는 아이디어를 골라내지 않을 수가 없는 것이다.

좋은 점은 또 있다. 사람이 사라진다. 이건 부연 설명이 좀 더 필요한데, 아이디어에서 사람이 빠지고 아이디어의 핵심만 보게 되는 효과가 있다는 뜻이다. 사람이 빠지면 우리의 태도는 명쾌해진다. 누가 처음 낸 아이디어든 상관없다. 오직 아이디어만 보며 자유롭게 의견을 낼 수 있게 된다. 가능성이 있어 보이는 아이디어를 놓고 어떤 부분을 보완하면 좋을지, 어떤 문제가 예상되는지 마구 이야기를 한다. 이미 아이디어의 소유권은 우리 모두에게로 옮겨졌으니, 비판은 당신을 향한 비판이 아니고, 부족한 부분도 당신이 부족하다는 뜻이 아니다(물론 칭찬이 있다면 그건 꼭 개인적으로 가져가도록 하자. 그 정도의 뿌듯함은 챙겨도 된다). 당신이 처음 낸 아이디어에 다른 이의 아이디어가 덧붙어도 기분 나빠할 이유가 없다. 우리의 아이디어가 더 좋아지고 있는 중이니 말이다.

이기적으로 계산을 해봐도 '우리 아이디어' 정책은 상당히 이익이 된다. '내 아이디어'만 고집했을 때 그 아이디어가 오롯이 실현될 가능성은 지극히 낮다. 내 아이디어의 성공만을 인정한다면 몇 년을 일을 해도 성과는 고작 한 줌이 되지 못할 것이다. 하지만 '우리 아이디어'로 계산을 한다면? 뛰어난 팀 동료의 아이디어도 '우리 성과'가 되고, 나의 부족한 아이디어에도 다른 이들의 아이디어가 덧붙어 놀라운 '우리 성과'가 될 것이다. 별로 한 것도 없는 것 같은데 어느새 우리의 성과는 양손 가득 담아도 넘쳐날 지경이다.

이 좋은 정책이 회의실 안에서만 적용된다는 것이 좀 아깝지 않은가? 나는 좀 아깝다고 생각한다. 그래서 회의가 끝난 후에도 '우리 아이디어' 정책을 계속 유지하려고 애쓴다. 특히 다른 팀과 회의를 할 때 이 정책 덕분에 나는 주어를 가려 쓰게 되었다. '우리'라는 주어를 쓸 때와 '나'라는 주어를 쓸 때를 철저하게 구분하는 것이다. 이를테면 나는 다른 팀과 회의를 할 때 이렇게 말한다.

"우리도 그런 의견을 냈었어요."

(비록 내가 낸 의견일지라도 반드시 '우리'라고 말한다. 회의실 안에서 나온 이야기이기 때문이다.)

"안 그래도 우리도 그 부분을 걱정했었어요."

(한 명의 걱정이었을지라도 '우리'라고 말한다. 다시 말하지만 회의실 안에서 나온 이야기이기 때문에.)

"우리가 낸 아이디어지만 이거 진짜 괜찮은 거 같아요."

(분명 아이디어의 원작자는 있지만, 회의실을 거쳐간 이상 '우리 아이디어'가 되는 건 숙명이다.)

예외는 있다. 회의의 결과를 책임져야만 할 상황이 온다면, 혹은 우리의 아이디어가 벼랑 끝에 서는 상황이 온다면 나는 반드시 주어를 바꿔서 말한다.

"안 그래도 팀 사람들이 그 부분을 이야기했는데, 제가 이쪽 방향이 맞다고 우겼어요. 왜냐하면…"

"제가 그 부분까지는 생각을 못했네요."

"제가 실수했네요."

'나'라는 주어와 '우리'라는 주어를 가려서 써야 하는 자리가 바로 상사의 자리다. '나'라는 주어를 쓰면서 스스로의 책임을 다하고, '우리'라는 주어를 쓰면서 모두에게 이 일의 책임을 나눠주는 일. 바로 그 일을 하라고 회사에서 팀장에게는 조금이나마 월급을 더 주는 것이니 말이다. 하지만 우리는 그렇지 않은 경우를 너무 많이 봤다. 좋은 결과물에는 '나'라는 딱지를 붙이고, 조금만 불리하면 '너네'라는 딱지를 붙이는 상사가 얼마나 많은가. 아, 진짜 그런 상사들의 이야기라면 이 책 한 권을 다 채우고도 모자랄 것이다. 아니 팔만대장경 정도의 분량으로 써 내려갈 수 있을 것 같다. 각자가 각자의 자리에서 저런 윗사람의 지랄맞음을 견디고 있다는 사실을 너무나도 잘 안다. 그렇다고 해서 우리가 같은 급으로 떨어질 수는 없지 않은가. 아무리 급해도 우리가 그 정도 수준으로 떨어질 수는 없다. 우리에게는 아직 좋은 선배가 될 기회가 남아 있다.

좋은 회의의 원칙은 무엇일까? 회의만 하고 나면 좋은 아이디어들을 툭툭 내놓는 팀들이 있다. 한 명 한 명이 유난히 훌륭한 팀이라서 가능한 일일까? 나는 그렇게 생각하지 않는다. 어떤 훌륭한 개인도 우리를 뛰어넘을 수는 없다. 그렇다면 '나'를 내려놓고 '우리'에 더 집중해야 한다. 그것이 우리를 더 훌륭하게 만드는 환경을 만드는 것이니까. 이기적으로 생각해도, 이타적으로 생각해도 '나'에게 그리고 '우리'에게 이만큼이나 남는 장사가 없다.

내가 좋아하는 회의

사람들이 싫어하는 말을 책 제목으로 삼고 싶어 하는 작가가 누가 있겠냐마는, 나는 그런 작가가 되어버렸다. 모두가 내 첫 책의 제목을 듣고는 인상을 찌푸린다. 작가 면전에서 그렇게 인상을 찌푸리기가 쉽지는 않을 텐데 어지간히 싫었나 보다. 하기야 《우리 회의나 할까?》라니. 회의는 정말 너무 싫은데, 회의를 책으로까지 읽어야 하다니. 그 마음도 이해는 한다.

《우리 회의나 할까?》라는 책을 쓴 작가가 이렇게 말하는 건 너무나도 뻔한 말일까? 하지만 뻔하다고 해서 거짓말을 할 수는 없다.

나는 회의를 좋아한다. 팀원일 때도 좋아했지만, 팀장일 때는 더 좋아하게 되었고, 팀원들과 나의 쿵짝이 잘 맞아진 지금의 회의는 사랑한다고 말할 수 있을 정도다. 어느 날은 곰곰이 앉아서 생각을 해보았다. 언젠가 회사를 그만둔다면 나는 무엇을 가장 그리워하게 될까. 우리 팀이 만든 광고가 세상 밖으로 나가서 좋은 반응을 얻을 때의 그 뿌듯함? 어려운 과제를 해결하고 경쟁PT에서 승리를 거둘 때의 그 성취감? 팀 사람들과 수다를 떨며 왁자지껄 웃는 점심시간? 회사 동기와 옥상에서 잠깐 만나 마시는 커피? 정말 많은 것들을 후보로 꼽아보았지만, 아무리 생각해도 나는 회의 시간을 제일 그리워할 것 같다. 믿을 수가 없다고? 믿을 수 없다는 당신을 믿게 만들기 위해 지금부터 이 글에서 노력을 해볼 텐데 과연 내가 성공할지 어떨지는 모르겠다. 부디 성공하길 바랄 뿐이다.

광고회사 제작팀 회의실로 입장해보자. 창의적인 사람들이 회의하는 곳이니 뭔가 다르지 않을까? 라는 기대를 했다면 미안하다. 책상과 의자, 모니터가 전부다. 아이디어가 안 나올 때 잠깐 앉을 수 있는 그네도 없고, 아이디어를 통통 튀길 수 있는 농구대도 없다. 평범하다 못해 이런 곳에서 아이디어가 나올 수는 있을지 상당히 의심스러울 만큼 재미없는 회의실, 그곳이 바로 광고회사 회의실이다(실은 다른 광고회사를 다녀본 적이 없어서 일반화하기엔 좀 조심스럽긴 하다). 이곳에 사람들이 모인다.

사람들이 빈손으로 회의실에 들어오는 경우는 거의 없다. 그들은 늘 아이디어와 함께 모인다. 이건 상당히 스트레스가 다분한 상황이다. 뭔가를 조사하는 것에서 그칠 수 없는 것이 제작팀의 숙명. 반드시 뭔가 새로운 생각을 해야만 한다. 상황을 비틀거나, 유행 위에 살포시 올라타거나, 생각지도 못한 단어 하나를 단단히 움켜쥐거나, 혹은 다른 차원의 그림을 찾아내거나, 어떤 방법을 쓰건 간에 새로운 아이디어를 가지고 회의실에 들어와야만 하는 것이다. 늦은 밤, 집에서도 컴퓨터 앞에 앉고, 길을 가다가도 휴대폰에 뭔가를 써 내려가는 이유다. 작은 번뜩임 하나에도 민감하게 반응하고, 그 번뜩임을 구체적인 아이디어로 요리해서 회의실에 들고 들어가야만 한다. 회의 시작 직전 이 스트레스는 거의 절정에 달한다.

아이디어를 냈다는 사실 하나에 만족할 수 있는 상황도 아니다. 회의실 안의 사람들을 설득해내야 한다. 자신의 아이디어를 상상하게 만들고, 자신의 아이디어가 더해지면 광고주가 처한 문제가 얼마나 드라마틱하게 해결되는지 회의실 안 사람들을 설득해내야만 하는 것이다. "와! 그렇게 하면 너무 좋겠다!"라는 동의를 모두에게 얻어야만 하는 것이다. 그래서 회의실에 들어오는 순간이 되면, 대부분 자포자기의 심정이 된다. 뭐랄까. 전날 밤에 써놓은 연애편지를 다음 날 아침 공개석상에서 읽어야 하는 기분이랄까. 분명 아이디어 낼 때는 이거면 다 될 것 같았지만, 이제는 아무것에도 자신이 없는 것이다. 반짝반짝한 아이디어들을 잔뜩 손에 쥐고도 발표 직전 울 것 같은 얼굴로 "아… 진짜 너무 어렵더라고요" 혹은 "이거 다 진짜 아닌 것 같아요. 아닌 것 같지만…" 혹은 "저 오늘 회사 잘릴 것 같아요"라는 말을 내뱉을 수밖에 없는 이유다. 10년 차가 되어도 20년 차가 되어도 이 상황은 거의 변하지 않는다. 아이디어 앞에서는 자신만만한 사람은 없다.

그럼에도 불구하고 각자의 아이디어는 회의실 책상 위에 펼쳐진다. 방금 전까지 나의 아이디어였던 것이 모두의 아이디어가 된다. 회의실 안의 아이디어는 공공재다. 누구의 소유도 아니다. 아이디어는 원작자의 품을 이미 떠났다. 여기서부터는 고도의 집중력이 필요하다. 진짜 우리의 아이디어로 만들기 위해서는 지금부터 섬세한 작업이 필요하다.

맨 처음 우리 모두가 가장 좋아했던 아이디어를 가운데 세운다. 이 아이디어가 혼자서도 거뜬히 설 수 있는 아이디어라면 좋겠지만 그런 경우는 거의 없다. 항상 '나'에게서 나온 아이디어보다 '우리'의 머리가 더해진 아이디어가 힘이 세다는 건 불변의 진리다. 그러므로 거기에 다른 아이디어들을 합쳐봐야 한다. 누군가의 아이디어 속에서 우리를 매혹시킨 단어를 끄집어내서 붙인다. 누군가가 예시로 가져온 그림을 배경으로 세운다. 누군가가 가져온 논리를 앞장세우고, 아무리 작은 아이디어라도 반짝이는 건 우선 다 더해본다. 이 정도면 괜찮나? 싶을 때 팀원 한 명이 "그 아이디어는 여기 안 어울리는 거 같아요. 이걸 여기에 더해보면 더 근사해질 것 같아요"라고 말하며 다른 가지를 붙인다. "또 우리가 빠트린 게 있을까?"라고 말하며 우리가 세운 아이디어 나무를 사방에서 둘러본다. 현재로서는 그럴듯하다. 자, 이제 그럼 다음 나무. 방금 우리가 완성한 나무를 옆으로 치우고, 이제 또 새로운 나무를 세우기 시작한다. 작업 과정은 똑같다. 매력적인 아이디어를 가운데 세우고 거기에 다른 이의 아이디어를 가지로 달고, 또 다른 이의 아이디어를 잎사귀로 매단다. 누군가의 우려가 새로운 나뭇가지가 되기도 하고, 누군가의 번뜩임이 예상치도 못한 조명이 되어 나무를 비추기 시작한다. 또 듬직한 나무 한 그루가 회의실 한가운데 섰다.

집중해서 이런 작업들을 하고 나면 다들 얼굴에 기쁨이 차오른다. 이 아이디어의 존재를 아는 사람은 세상에 오직 우리 다섯 명밖에 없다. 방금 전까지는 세상에 존재하지도 않았던 나무들이 순식간에 회의실 가운데 우뚝 서 있다. 어엿한 숲이 되어 있다. 이제 이 아이디어를 성공시키기 위해 다섯 명이 힘을 합칠 것이다. 기획팀을 설득할 것이고, 광고주를 설득할 것이고, 실제로 집행이 되도록 애쓸 것이다. 그럼 또 얼마나 좋을까 설레지만 지금 거기까지는 생각하지 않도록 한다. 그건 또 지난한 작업이다. 우리 눈에는 완벽해 보이는 이 나무들이 부디 거기까지 힘을 내주길 간절히 바랄 뿐이다. 어떤 가지는 잘려나가고, 어떤 잎사귀는 생각보다 더 커지고, 생각지도 못한 새들이 날아와서 앉을 것이다. 그럼에도 불구하고 우리가 이 회의실에서 키운 이 나무 자체가 사라지지 않길 다만 바랄 뿐이다.

분명 세상에서 가장 가난한 기분으로 회의실에 들어왔는데, 그냥 우리가 만났을 뿐인데, 우리가 이야기를 했을 뿐인데, 내 아이디어 네 아이디어 구분 없이 좋은 것들을 좋다고 말했을 뿐인데, 이토록 대단한 것들이 우리 사이에 자라나버렸다. 대단한 능력이 있는 우리도 아닌데, 남다른 아이디어로 가득한 사람들도 아닌데, 우리가 이걸 만들어버렸다. 아무것도 없던 회의실에 숲이 자라났다. 이 숲을 위해 회의실은 그토록 텅 비어 있었나 보다. 이런 회의가 끝나고 나면 모두 쉽게 자리를 뜨지 못한다. 모두 뿌듯함으로 반질반질해진 얼굴로 잠시 앉아 있는다. 이 늠름한 나무들 좀 보라지. 우리가 키운 대단한 아이디어 좀 보라지.

아, 여기까지 썼을 뿐인데 가슴이 또 벅차오른다. 나는 회의를 좋아한다. 이 시간을 좋아하지 않을 방법을 도저히 모르겠다. 그러니까 매일 수시로 이야기하는 것이다. 우리 회의나 할까.

나 를

묵묵히 자리를 지키며 일의 신뢰를 얻는 사람이

믿 으 며

사람들로부터 신뢰를 얻는다

건 너 가 는 법

안대 차고 건너가기

'회사도 한 번 안 다녀본 사람이!'라는 말은 보통 누군가를 비하할 때 쓰는 말이다. 하지만 단 한 명에게 이 말은 찬사가 된다. 바로 <미생>의 윤태호 작가다. 회사도 한 번 안 다녀본 사람이 어떻게 이런 만화를 그릴 수 있는 걸까. 물론 윤태호 작가가 조직에 속해본 적이 한 번도 없는 건 아니지만, 대기업의 생리를 이토록 성실하게, 이토록 사실적으로, 이토록 통찰력 있게, 이토록 설득력 있게, 동시에 이토록 재미있게 (내가 아는 모든 칭찬을 여기에 다 쏟아 붓고 싶은 심정이다) 그려내기 위한 그 노력, 몸의 일부분을 갈아 넣었음에 분명한 시간을 생각하면 나는 스크롤을 내리기도 죄송한 마음이 들었다.

물론 빨리 보고 싶은 마음이 죄송한 그 마음을 언제나 이겨버리긴 했지만.

<미생>을 볼 때마다 내 무릎을 꿇게 만들어, 내가 쉽사리 못 넘어가는 장면이 있다. 바로 오 과장의 팀원이 요르단 사업에서 저지른 비리를 오 과장과 팀원들이 밝혀낸 이후의 상황이다. 회사에서는 감사가 진행되고, 전 직원들을 대상으로 윤리교육이 급하게 이루어진다. 비리를 저지른 사람과 위에서 결제를 한 사람들의 사직이 이어지고, 동료한테 뭘 그렇게까지 하냐는 약간의 동정론도 조성된다. 그 상황에서 오 과장의 영업3팀은 고요하다. 자신들의 성과를 영웅담으로 만들지도 않고, 알려지지 않은 이야기를 떠벌려 시선을 끌지도 않고, 동정론에 정면으로 맞서지도 않는다. 그냥 시선을 일에 고정한다.

> 영업 3팀은 고요했다. 누구 하나 박 과장 일을 입에 담지 않고, 묵묵했다. 우리 팀이 이룬 성과는 기쁘기보다는 슬프고, 안타까운 결과를 남겨서일 것이다. (…) 그래서 일로 피신한 것 같다. 그래서 일밖에 할 게 없는 거다.
>
> _〈미생〉 중

팀의 빈자리를 뒤로하고 자신의 책상에 바짝 당겨 앉은 오 과장의 뒷모습 위로 '그래서 일밖에 할 게 없는 거다'라는 문장이 적혀 있다. 이 장면을 보면 나는 꼭 울게 된다. 웹툰 연재 당시에도 회사에서 스크롤을 내리다가 울었고, 몇 번이나 꺼내보면서 또 울었고, 책을 사서 읽으며 또 울고, 그리고 지금도 또 울고 있다. 이 감정을 너무 알아서, 이 감정을 힘들게 겪은 그때의 내가 어쩔 수 없이 자꾸 생각나서 나는 이 장면을 절대 그냥 넘어가지 못한다.

'순탄한 회사 생활'은 아마도 신화 속에서나 존재하는 개념일 것이다. 그런 건 없다. 아무리 순탄해 보이는 사람의 직장 생활도 조금만 들여다보면 수많은 상처와 찌그러진 마음으로 가득 차 있다. 순탄하다니. 회사를 다니다 보면 누군가의 얼굴을 마주보는 것이 힘들어 점심을 거르고, 누군가의 목소리를 들을 생각만으로도 숨이 차서 출근길에 오르지 못하는 순간이 찾아오곤 한다. 나 역시도 마찬가지였고. 하지만 여기서 나의 순탄하지 않았던 회사 생활을 낱낱이 밝히는 건 크게 의미가 없을 것 같다. 누군가를 그렇게 험담하느라 내 에너지를 쓰고 싶지도 않고. 그때의 힘들었던 나를 세세하게 떠올리고 싶지도 않고. 다만 그때의 나를 생각하면 경주마가 떠오르며 조금 안아주고 싶어진다.

경주마. 눈 옆에 안대를 차고 달리는 경주마. 말은 사람과 달리 눈이 얼굴 양 옆에 붙어 있어서 안대를 차지 않으면 사방을 거의 한 번에 보게 된다. 옆에 달리는 말의 모습도, 멀리서 소리 지르며 응원하는 사람의 소리도 경주마에게는 너무나도 큰 자극이다. 그래서 안대를 차고 달리는 거다. 때론 귀까지 막는다. 목표는 오로지 결승점이다. 앞만 보고 묵묵히 달리는 거다. 다른 모든 것에서 시선을 거두고, 귀를 닫고 한 발 한 발 뚜벅뚜벅 달리는 거다. 오늘 이 경기장에 선 이유는 오로지 달리기 위해서니까.

내가 위험에 처했을 때 나는 꼭 경주마처럼 굴었다. 귀는 닫는다. 시선을 일에 고정한다. 맞다. 나도 일로 피신했다. 일밖에 할 수 있는 게 없었다. 많은 일을 남기고 팀장과 팀 동료들이 모두 회사를 그만뒀을 때도 나는 자리에 앉아서 일을 했다. 내 옆으로 쭉 비어 있는 책상들로는 시선조차 돌리지 않고, 혼자 A안부터 D안까지 카피를 쓰고, 혼자 그중에서 가장 나은 카피를 고르고, 그걸 광고주에게 보냈다. 피드백을 받아서 혼자 카피를 고쳐 쓰고, 그걸 들고 녹음실에 나갔다. 나에게 무슨 일이 일어난 건지 궁금해 하는 사람이 찾아와도 굳이 모든 것을 말하진 않았다. 그 모든 것을 말하려면 너무 많은 에너지가 들었다. 옆 팀 동료들이 나를 위해 술자리를 마련해주어도 나는 술을 조금 마시고 취한 동료의 집에서 버섯이나 볶았다. 정치적인 말들과 이기적인 판단들이 오가는 전장 한가운데서 마치 아무 일도 없는 것처럼 표정 하나 바꾸지 않고 할 일만 했다. 빠르게 할 일을 하고 집으로 피신했다. 이상한 선배에게 매일 괴롭힘을 당할 때에도 나는 입을 닫았다. 혼자 점심을 먹고 자리로 돌아와 일을 했다. 일이 흐트러지지 않는 것에만 집중했다. 오늘 이 회사에 온 이유는 오로지 이 일을 하기 위해서니까. 오로지 일을 보며 한 발 한 발 나아갔다. 출근할 때는 오늘 할 일들을 생각했고, 퇴근할 때는 오늘 내가 빠트린 일이 없는지 생각했다. 놀랍게도 다음 날엔 또 그날치 집중할 일거리가 있었다. 그렇게 일로 피신해서 무사히 건너온 시간이 내게도 있다.

그때 정치를 하던 사람들은, 나를 괴롭히던 사람들은, 팀원들의 뒤통수를 친 사람들은 내 눈앞에서 모두 사라지고 없다. 어디선가 또 잘 살아가고 있겠지만 결국 살아남은 건 내가 아닐까 한다. 결국 그 모든 시간 동안 일을 해낸 사람은 나였으니까. 묵묵히 자리를 지키며 일의 신뢰를 얻는 사람이, 사람들로부터도 신뢰를 얻는다. 물론 그게 회사 생활의 전부가 아니라는 건 잘 안다. 정치도 있고, 인간관계도 있고, 치사한 공작도 있고, 끈끈한 형제애도 있고. 하지만 그건 내가 지닌 패가 아니다. 그럴수록 나는 더 내 손의 일을 꽉 쥔다. 여긴 회사니까. 우리는 이곳에 일을 하기 위해 모였으니까. <미생>의 오 과장님이 일찍이 또 말씀하시지 않았던가.

일을 해. 일을. 회사 나왔으면. 힘 빼지 말고. 왜 사람들이 질퍽이는 게임에 빠져 허우적거리는 줄 알아? 게임을 하니까 빠지는 거야. 일하러 와서 게임이나 하고 있다간, 자네부터 게임에 빠질 거야.

_〈미생〉 중

물론 이건 오 과장님과 나의 방식일 수도 있다. 누군가는 내 마음을 알아주는 동료에 기대어 어려운 시기를 건너기도 하고, 믿음직한 상사에게 기대어 어려움을 돌파하기도 한다. 누군가는 술에 기대기도 하고, 누군가는 이직을 하기도 하고, 누군가는 정면승부를 하기도 한다. 그 모든 것이 방법이 될 수 있다. 다만 자신을 게임에 빠트리는 방식만은 권하고 싶지 않다. 하물며 올림픽에서도 깨끗한 게임은 쉽지 않다는 걸 우리 모두 알지 않는가. 현실에서는 더 난장판이 될 것이 뻔하다. 정해진 룰은 없고, 심판도 없고, 심판이라 믿었던 사람이 알고 보니 저쪽 편이었고, 페어플레이 정신도 없고. 결국 이길 가능성은 희박하다. 당신을 지키기 위해 시작한 게임이라 생각하겠지만, 그 속에 들어가는 순간 당신도 결국 진흙탕의 일부가 되는 것이다.

시선을 넓게, 더 높이, 더 멀리 둬야 할 때가 있다. 하지만 때론 시선을 더 좁게, 더 작게, 더 부분으로 가져가야만 할 때가 있다. 가장 중요한 것 하나만 두고 나머지를 다 소거해버리기. 어디에 시선을 고정시켜서 이 시기를 건너갈 것인가를 결정하는 것. 가장 중요한 것이 무엇인지를 나에게 정확하게 알려주는 것. 나는 그때 그게 일이었다. 여긴 회사니까.

여자 팀장답게

1

"그 여자 팀장은 너무 감정적이어서…."

이상한 일이다. 사람을 설명하는 단어는 오조오천오백만 개쯤 되는 거 같은데, 이상하게 여자 상사를 비판할 때는 '감정적'이라는 한 단어로 퉁친다. 혹은 좀 더 비난하고 싶을 땐 '신경질적'이라는 단어도 동원된다. 둘 중 어떤 단어든 듣는 사람의 표정은 한결같다. '역시…' 라는 표정. 고개를 끄덕이며 생각하는 것이다. 그 사람 그런 면이 좀 있지. 역시나 그 나이대의 여자들은 다 비슷한 건가. 신기하게도 이 비판은 남녀노소 가리지 않고 사용한다. 여자도 여자 상사를 비판할 때 저 단어를 쓰고, 남자도 여자 후배를 비판할 때 같은 단어를 쓴다. 언론도 예외가 아니다. 심지어 힐러리가 대선에 나왔을 때에도 '여자는 대통령을 하기엔 너무 감정적'이라는 비난이 등장했다.

여자=감정적이다. 이 프레임은 쉽다. 굳이 부가적인 설명이 필요하지도 않다. 이미 사회 속에 이 프레임은 굳건히 자리 잡았으니까. 미디어를 통해서도 오랜 시간 끝없이 반복 재생되었으니까. 덕분에 '여자=감정적'이라는 말을 듣는 순간 우리 머릿속에서는 그다음이 자동 재생된다. '여자=감정적=비이성적=같이 일하기엔 부적합한'까지. 이쯤 되면 '감정적'이라는 말은 여자들의 프로크루테스의 침대와도 같다. '감정적'이라는 침대에 눕는 순간, 살아남을 여자는 없다. 그래서 자주 사용된다. 여자를 진급에서 배제할 때도, 성과에서 지울 때도, 기회를 박탈할 때도 어김없이. '감정적'이라는 딱지만 붙이면 모든 사태는 손쉽게 봉합되니까. 이 프레임이 들어오는 순간 맥락은 사라지고, 기울어진 운동장은 보이지 않게 되니까. 게다가 야비하게도 이 프레임은 이 모든 사태의 원인을 당사자에게 돌린다. 당사자는 죄책감에 휩싸이고, 권력을 가진 쪽이 모든 정당성을 다 가져간다. 이토록 효과적이고 이토록 간편한 프레임이 또 있을까.

회의실에서 소리를 지르는 남성에 대해서는, 아랫사람들에게 부당하게 화내는 남성들에 대해서는 왜 '감정적'이라 말하지 않는가. 왜 그들은 '열정적'이라는 말로 방어를 해주는가. 꼭 그런 건 아니라고? 그럼 이런 건 어떤가. 냉정하기 그지없는 남자에 대해서는 '냉철한'이라 말하면서, 여성에 대해서는 '차갑다'라고 말하는 건? 더 나아가서 '뻣뻣한'이라는 단어까지 쓰며 옭아매려고 하는 건? 왜 똑같은 현상을 두고도 다른 언어를 선택하는가. 여자를 향한 뻔한 비난과 무성의한 평가는 언제까지 계속되는 걸까.

2

"여자 팀장 세 명이 모였는데, 기싸움이 우와…."

후배가 여기까지 말하는 순간, 뭔가 마음에 딱 걸렸다. 명백히 후배의 잘못이 아니었다. 지금까지 이 단어는 반복되고, 재사용되고, 오남용되고, 결국 여자의 관계를 규정하는 결정적 프레임이 되어버렸으니까. 하지만 잘못된 것은 짚고 넘어가야 했다.

"우리끼리는 이런 말 쓰지 말자. 여자들이 일을 치열하게 하는 건데, 그 와중에 의견이 갈릴 수도 있는 건데, 그걸 꼭 '기싸움'이라고 말하는 그딴 버릇에 우리는 편승하지 말자. '기싸움'이라고 말하는 순간, 별것도 아닌 걸로 서로 소리를 높이는 이미지가 덧씌워지고, '여자의 적은 여자'라는 남자들이 좋아하는 공식이 여기에도 달라붙게 되잖아. 우리는 그러지 말자."

<스트릿 우먼 파이터>(스우파)가 화제가 될 때, 도대체 무슨 프로그램이길래 싶어 틀었다가 1회에서 나는 기권했다. '여자들의 기싸움'이라는 뻔한 프레임을 재현하기 위한 과장된 액션과 틀에 박힌 편집을 견디기엔 내 멘탈이 너무 약했다. '기싸움'이라는 단어가 의도하는 바는 명확하다. 중요하지도 않은 걸 두고, 불필요한 싸움을 하는 존재들로 폄하하기 위해서. 여자들은 원래 그런 존재라며 여자들의 관계를 낮은 곳에 묶어두기 위해서. 이후 스우파의 성공에 힘입어 스맨파의 제작발표회가 있던 날, 두 프로그램 제작을 모두 담당한 남자 CP의 말을 듣고 나의 기권이 합당했다는 걸 알 수 있었다.

"여자 댄서들과 남자 댄서들의 서바이벌은 다르다. 여자 댄서들의 서바이벌에는 질투, 욕심이 있었다면 남자 댄서들은 의리와 자존심이 자주 보였다."

자신에게 그토록 큰 성공을 가져다준 여자 댄서들에게 조금의 의리도 지키지 않은, 프로그램 제작자로서의 자존심도 없는 이 말 덕분에 그가 여자 댄서들을 어떤 프레임 안에 가두고자 했는지 명확해졌다. 그 프레임 덕분에 그가 얼마나 편협하고 구시대적이고 옹졸하고 틀려먹은 프레임 안에 갇혀 있는지도 명확해졌고.

하지만 그딴 프레임에 갇혀 있을 여자들이 아니다. 스우파에서 그 프레임을 지워나간 건 출연자들의 춤에 대한 열정과 그들 각자의 매력이었다. 두고두고 회자된 말들은 서로를 헐뜯는 말이 아니라 서로에 대한 존중의 말이었고. 두고두고 반복 재생된 장면은 두 명의 리더가 과거의 일로 기싸움 하는 순간이 아니라, 춤으로 대결하다 마치 짠 것처럼 같은 안무를 했던 순간이었다. 기싸움의 장면이 아니라, 함께 춤을 추고 서로를 뜨겁게 안았을 때 모두 이 프로그램의 팬이 되지 않을 수 없었다. 여자들의 기싸움을 즐겨 말하는 사람들에게는 미안한 말이지만, 여자들도 논쟁이라는 걸 하고, 정정당당한 경쟁도 하고, 협업도 하고, 서로를 향해 박수와 응원을 보내고, 어머나 세상에! 함께 웃기도 한다. 당신들이 즐겨 쓰는 프레임은 당신들의 프레임일 뿐 우리와는 어떤 관계도 없다.

3

16년이나 집권하며 역대 최장수 총리로 기록된 독일의 메르켈 총리가 퇴임을 할 때 어린이들은 "남자도 총리를 할 수 있어요?", "남자는 충동적인데 그렇게 중요한 자리를 맡겨도 될까요?" 등의 말을 했다고 한다. 그들은 한 번도 남자 총리를 경험해본 적이 없기 때문이다. 그에 비해 우리나라는? 최근 한미정상회담에서 한 외신 기자가 대통령에게 질문했다. "대한민국 정부내각은 왜 이렇게 남성편중적인가요? 남성과 여성의 평등을 이루기 위해 어떤 일을 계획하고 계신가요?" 우리 정부는 똑부러지는 답을 내놓지 못했다.

메르켈이 퇴임을 하고 남자가 총리 자리에 올랐지만, 독일이 망한다거나 그런 일은 일어나지 않았다. 아마 마찬가지일 것이다. 남성만이 리더의 자리에 올랐던 이 사회에서 더 많은 여성들이 리더가 된다고 해서 회사의 시스템이 감정적으로 변하고, 사람들이 기싸움만 하는 일 같은 건 일어나지 않을 것이란 이야기다. 우리에게는 더 많은 여성 팀장이, 여성 임원이, 여성 대표가, 여성 장관이, 여성 정치인이 필요하다. 더 다양한 여성의 리더십을 경험할 권리가 우리에게도 있다.

4

다시 스우파 이야기를 꺼내볼까. 1회에 질려서 바로 꺼버린 나를 다시 스우파 앞에 앉힌 건 친구의 한마디 말 때문이었다.

"정말 다양한 여성 리더십이 등장해."

눈앞이 밝아지는 느낌이었다. 여성의 리더십이라고 하면 매번 '엄마의 리더십', '수평의 리더십', '포용의 리더십' 이런 수식어만 들어왔다. 이런 규정 자체가 다시 여자들을 옭아맨다고 생각하던 참이었는데, 다양한 리더십이라니. 카리스마가 뚝뚝 떨어지는 여성 리더부터, 함께 이야기하며 답을 찾아가는 여성 리더, 팀원보다 어리지만 누구보다 강단 있는 여성 리더까지 모두 그곳에 있었다. 그들이 그들 방식대로 만들어내는 무대에 모두가 열광한 것은 당연한 사실이고. 가만히 있을 수 없었다. 이 프로그램을 바로 다른 여자 팀장에게 권했다. 그녀도 말했다.

"난 처음에 좀 보다가 껐어."

"근데, 정말 다양한 여성 리더십의 향연이야. 꼭 봐야 해."

그 말에 그녀의 눈이 반짝였다. 얼마 지나지 않아, 그녀는 흥분의 목소리로 감상을 전해왔다.

"어쩜 다들 저렇게 멋있어?"

스우파를 보면서 생각했다. 저 중에 나와 가장 닮은 리더는 누구일까. 곰곰이 생각도 해봤고, 후배들에게 물어도 보았지만 뾰족한 답은 찾지 못했다. 그건 아마도 내가 나다운 팀장이 되었기 때문일 것이다. 내 입으로 말하긴 민망하지만 나는 용감하고, 씩씩하고, 목소리가 크고, 아닌 것은 아니라고 끝까지 말하고, 그래서 때론 곤란하지만, 또 솔직하고, 합리적이고, 책임감이 유독 강한 팀장이다. 이것은 모두 내가 팀장 일을 하면서 직접 들은 말들이다. 이것이 여성의 리더십인가? 모르겠다. 나는 그냥 내 방식대로 팀장이 되고 있을 뿐이다. 아마 사회의 모든 여성들이 그럴 것이다. 모두 자기 방식대로 팀장이 된다. 남자들도 그런 것처럼.

자신만의 방식으로 좋은 팀장 되기

내가 얼마나 막돼먹은 팀원인지를 잘 보여주는 일화가 있다.

어느 날 팀 회식을 하다가 팀장님에게 말했다.

"팀장님, 저는 팀장님이 정말 정말 좋아요."

이 말에는 한 치의 과장도 없었다. 팀장님이 나를 뽑아줘서 나는 카피라이터가 될 수 있었고, 팀장님 덕분에 좋은 동료들을 만나게 되었고, 좋은 광고를 만들고, 좋은 팀에서 오래도록 일할 수가 있었다. 어디 그뿐인가. 나에게 새로운 술 세계를 열어준 것도 팀장님이었고, 새로운 도전으로 등 떠밀어준 것도 팀장님이었다. 게다가 팀장님과 내가 책 취향이 비슷하다는 이유로 팀장님은 나의 믿음직한 책 친구가 되어주기도 했다. 그러니까 내가 팀장님을 좋아하지 않을 이유는 단 하나도 없었다. 하지만 술을 먹다가 저렇게 갑자기 고백을 한다고? 아직 내 말은 끝난 게 아니었다. 언제나 한국말은 끝까지 들어봐야 한다.

"근데, 팀장님이 제일 좋을 때는요, 팀장님이 휴가를 갈 때예요."

팀장님은 와하하하 웃으며 절레절레 고개를 흔들었다. 그래, 이놈이 고운 말만 할 리가 없지. 이렇게나 막돼먹은 팀원이었지. 휴가 전날 회식을 했더니 내가 별소리를 다 듣네. 팀장님의 그 웃음 속에는 이 모든 말들이 다 들어 있었다. 하지만 진심인 걸 어쩌나.

팀장이 되고 나서 다시금 나의 저 말을 꺼내서 나에게 들려준다. 팀장은 본질적으로 사랑받기 힘든 존재다. 사랑을 받더라도, 사랑만 받는 건 불가능한 존재다. 어떤 팀장이라서가 아니라, 팀장이 해야 하는 일 자체가 팀원들을 쉴 수 없도록 독려하고, 일을 더 잘해보자며 내몰고, 때론 일 자체에 어깃장을 놓기도 하고, 소리도 좀 높이기도 해야 하고, 어쩔 수 없이 냉정한 말도 하는 일이기 때문이다. 하지만 그럼에도 불구하고 나의 팀장님은 팀원들에게 존경받는 팀장이었다. 기가 막히게 핵심을 짚어내고, 아무도 못 본 방향으로 사람들을 이끌고, 책임은 정확하게 지고, 팀원들에게도 자유와 책임을 예외 없이 나눠주셨다. 정말 많은 장점이 있지만 (노파심에 덧붙이자면 물론 단점도 존재했다. 단점 없는 인간이 존재하지 않는 것처럼 단점 없는 팀장이 존재할 가능성은 제로다) 나에게 나의 팀장님이 어떤 분이었냐고 묻는다면 나는 '멀리 점을 찍어주는 사람'이라고 대답할 것 같다.

멀리 점을 찍어주는 사람. 팀원이 생각지도 못한 곳에 점을 찍고, 여기까지 가보자, 라고 말하는 사람. 일을 지휘할 때에도 팀장님은 늘 먼 곳에 점을 찍었다. 눈앞의 문제에 급급한 우리에게 저 먼 곳에 빛이 있을 것 같다며 생각지도 못한 곳에 단호한 목표를 세우는 식이었다. 그 목표는 마치 다른 은하계의 행성처럼 보였다. 너무 멀고, 거리조차 가늠할 수 없는. 우리가 저길 간다고? 상상할 수도 없는 일이었지만 그 점을 보며 허겁지겁 일하다가 정신을 차리면 실제 그곳에 우리가 도착해 있곤 했다. 팀장님은 일뿐만이 아니라 팀원 개개인에게도 늘 먼 곳에 점을 찍어주시고 그곳까지 스스로의 힘으로 가보도록 만드는 사람이었다. 그 부분이 나는 늘 존경스러웠다. 나의 어떤 면을 봤기에 저분은 저토록 주저 없이 먼 곳에 점을 찍을까. 저 주저 없음에 내 능력이 과연 응답할 수 있을까.

막 대리가 되었을 때의 일이다. 팀장님이 나를 불렀다.

"이번 경쟁PT 시놉시스를 한번 써봐."

"경쟁PT 시놉시스를, 제가요?"

"응."

너무 가볍게 말씀하셔서 정말 가벼운 일이라고 속을 뻔했다. 팀장님이 경쟁PT할 내용을 첫 장부터 마지막 장까지 구성해보라는 임무였다. 해본 적도 없고, 나같이 어린 연차가 그런 일을 한다는 말을 들어본 적도 없었다. 하지만 어쩌겠는가. 팀장님의 지시인 걸. 내 깜냥 안에서 최선을 다해서 써갔다. 팀장님은 찬찬히 내 설명을 들으시더니 한마디 말을 남기셨다.

"수고했어. 내가 한번 정리해볼게."

그리고 몇 시간 후, 내가 정리한 것과 완전히 다른 팀장님 버전의 시놉시스가 내 손에 넘어왔다. 내가 정리한 시놉시스가 한참이나 모자라다는 건 그걸 보는 순간 바로 알 수 있었다. 망했구나. 김민철. 기회를 보기 좋게 날려버렸네. 테스트를 통과하지 못했으니, 거기가 끝일 거라 생각했다. 하지만 팀장님은 나를 포기할 생각이 전혀 없으셨다.

"이번 PT 시놉시스도 한번 써봐."

얼마 후 다시 똑같은 업무가 떨어졌다. 더 열심히 해보았지만, 결과는 같았다. 이번에도 팀장님은 내 시놉시스를 보시더니 본인이 직접 시놉시스를 써서 내게 넘기셨다. 명백한 실패. 선명한 낙인. 너는 또 실패한 거야. 무능한 놈 같으니. 나는 나를 향한 비난을 피부었지만, 팀장님은 나에게 어떤 선고도 내리지 않으셨다. 얼마 후 다시 똑같은 업무를 시키셨으니까.

이번에는 자포자기의 마음이었다. 또 실패할 게 뻔하니까. 이번에도 아니면 이제 안 시키시겠지, 라고 생각했더니 차라리 마음이 편했다. 꾸역꾸역 시놉시스를 써서 팀장님에게 보여드렸다. 괜히 시선은 천정을 향했다. 잔인한 장면은 알아서 피하는 것이 인간의 본능인 법. 그런데?

"잘 정리했는데? 이 흐름대로 파워포인트 만들자."

"네? 이대로요? 수정도 없이?"

"응. 잘 썼잖아. 수고했어."

나는 이때의 충격을 잊지 못한다. 팀원도 스스로를 포기하는 마당에, 포기하지 않고 끝없이 멀리 점을 찍어주는 팀장의 마음이란 무엇일까. 무능한 팀원이라는 판단을 보류하고, 유능한 팀원이 될 때까지 계속해서 여기까지 와보라고 독려할 수 있는 팀장의 능력이란 어떤 것일까. 그 이후로도 팀장님은 늘 내게 멀리멀리 점을 찍어주셨다. 이번 카피는 한번 욕심내서 써봐. 이번에는 네가 책임지고 한번 해봐. 이번 프레젠테이션은 네가 해봐. 그리고 그 말 뒤에는 꼭 이 말을 덧붙이셨다. "내가 있으니까, 너무 불안해하지 말고 한번 해봐."

나는 어떤 팀장일까? 솔직한 이야기를 들어보고 싶지만 칭찬을 듣는다면 그 칭찬에 내가 너무 마음을 기댈 것 같고, 비판을 듣는다면 그 비판을 내가 너무 오래 곱씹을 것 같아서 이내 포기한다. 다만 팀 사람들이 나를 놀리는 것에 거침이 없고, 내 앞에 와서 수다를 한없이 떨고 있고, 자기들끼리 어디 좋은 곳에 다녀오면 다음번에는 꼭 나를 데리고 그곳에 다시 가려는 걸 보면 확실히 어려운 팀장은 아닌 것 같다. 직접 확인도 해보았다.

"난 무서운 팀장은 아니지 않냐?"

"팀장님이 안 무섭다고 생각하세요? 진짜? 팀장님 무서워요."

저 대답을 듣고 생각은 더 복잡해졌다. 무섭다고 말하니까 무서운 측면이 있나 싶기도 하지만, 진짜 무서운 사람 앞에서는 저렇게 대답 안 할 텐데 싶기도 하고. 조금 더 생각을 해보다가 그만두었다. 뭐라도 되었겠지. 뭐라도 되고 있겠지. 어쨌거나 이제는 내가 나를 위해 먼 곳에 점을 찍어줄 차례다. 내가 되고 싶은 팀장이라는 점을 저 멀리 툭 찍어두고 매 순간 그쪽으로 조금이라도 가보려고 노력 중이다. 권위는 있지만 권위적이진 않은 팀장이 되기 위해. 사회성이 제로에 수렴하지만 최선을 다해 팀 사람들과는 어울리는 팀장이 되기 위해. 동시에 맡은 일은 어떻게든 해내고 무엇보다 합리적인 팀장이 되기 위해.

결국 모두는 스스로를 위해 먼 곳에 점을 찍고 그쪽을 향해 노를 저을 수밖에 없는 존재다. 대신 노를 저어줄 사람도 없다. 꼼수도 통하지 않는다. 다만 일 속에서도 더 나은 존재가 될 수 있다고 믿으며 노 젓기에 최선을 다한다면 때로는 바람이, 물결이 쪽배를 슬쩍 떠밀어줄 거라 믿는다. 닮고 싶지 않은 누군가의 모습에서 멀어지도록. 기어이 닮고 싶은 누군가의 모습 쪽에 '나'라는 쪽배를 정박할 수 있도록.

팀장님은 술을 애정하신다(특히 맥주!).

나에겐 상상도 못할 주량으로
하루를 시원하게 마무리하시고
다음 날 알콜섭취에 대한 깊은 고민을
팀원들에게 털어놓으시기도 하지만

딱히 취한 걸 목격한 적이 없으니 그저 부러울 뿐!
(능…력이다…!)

좋아하는 걸 흔들림 없이 즐길 수 있는 능력은 참 부럽다.

그래서 말인데…
"팀장님. 이제 고래라고 불러도 되나요?!"

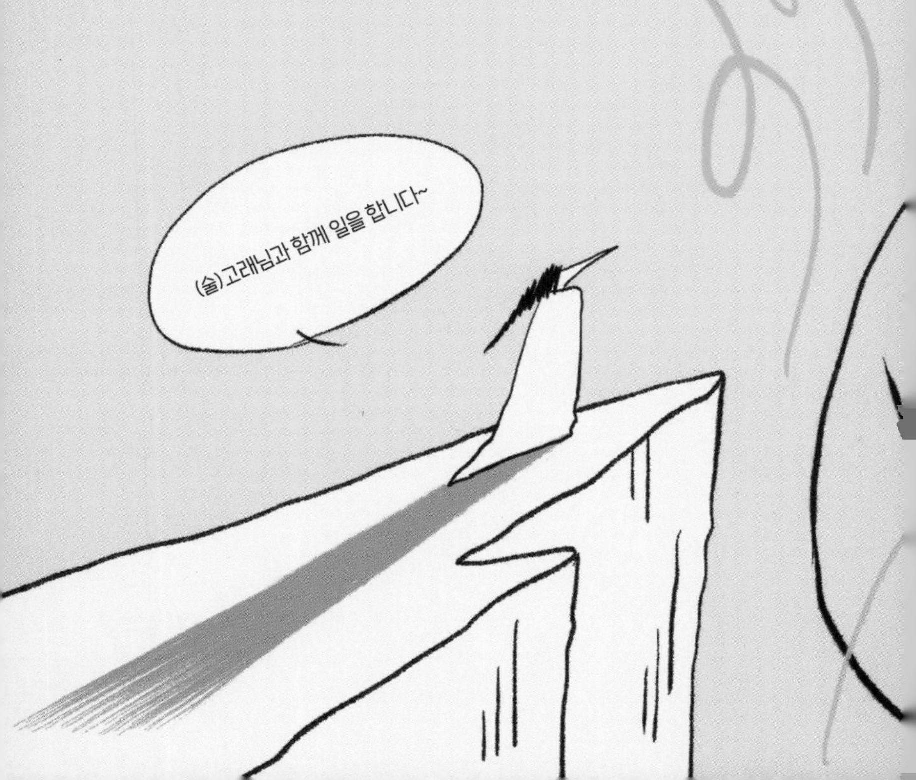

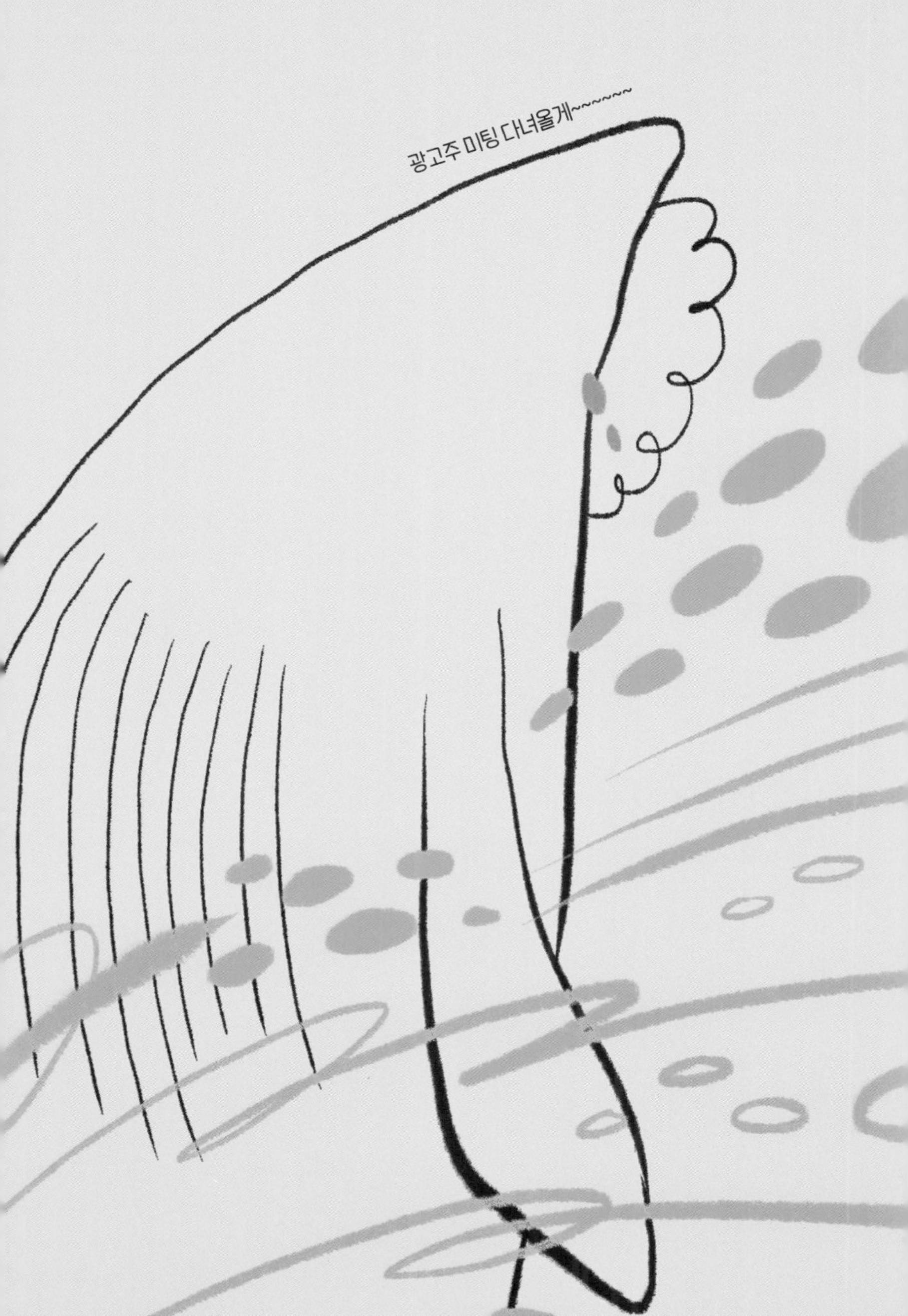
광고주 미팅 다녀올게~~~~~~

모두의 머리를 빌리는 법

이미 10년도 넘은 영화지만 아직도 장면 장면 다 기억나는 영화가 있다. 바로 영화 <우리 개 이야기> 속, 광고 회사를 배경으로 한 에피소드다. 영화의 시작은 평범한 개 사료 광고다. 하지만 광고주의 한마디에(사장님이 엔카를 좋아하니 배경음악은 엔카를 써주세요), 모델 에이전시의 한마디에(처음부터 끝까지 모델만 돋보이게 해주세요. 강아지 같은 건 빼고요), 광고주의 추가 수정사항에(사료 속 성분을 강조해주세요. 처음부터 자막이 크게 나오도록요) 광고는 점점 산으로 가다 못해 결국 아무도 알 수 없는 괴이한 쓰레기가 되어가는 과정을 그리고 있는 이야기다. 당시 나와 동료들은 이 영화를 보며 정말 많이 웃었고, 그 웃음 끝엔 씁쓸한 감정을 느끼며 웃음을 거두었다. 우리가 매일 하는 일이 다름 아니라 수많은 피드백 앞에서 고뇌하는 일이기 때문이다.

매 순간 각종 피드백이 팀에 도착한다. 특정 단어를 꼭 넣어달라는 피드백부터, 모델의 턱을 더 깎아달라, 폰트의 크기를 더 키워달라, 더 귀에 감기는 음악을 써달라, 제품이 더 많이 보였으면 좋겠다, 제품의 장점을 부각시키지 말아달라(?), 제품이 잘 보였으면 좋겠는데 너무 잘 보이는 건 싫다(??), 바탕이 더 검정색이었으면 좋겠다(이미 100퍼센트 블랙이었다), 말이 많지는 않으면 좋겠지만 장점은 하나하나 다 말했으면 좋겠다 등등. 따뜻한 아이스 아메리카노 같은 피드백들이 이어지고, 그 피드백들을 받는 우리의 감정도 온탕과 냉탕을 오간다.

어떤 피드백은 거기까지 생각 못 한 우리를 부끄럽게 만든다. 관성적으로 일을 하던 우리를 번뜩 깨워서 다시 최선을 다하게 하고, 밤늦게까지 우리를 고민하게 만든다. 심지어 자발적으로. 반면 어떤 피드백은 우리를 분노로 이끈다. 그 브랜드에 우리가 가진 진심을 거두게 만들고 급기야는 영혼을 통째로 어딘가에 버리고서 멍하니 일하게 만든다. '피드백'이라는 이름표를 달고 도착하는 수많은 피드백에도 좋은 피드백과 나쁜 피드백이 명백히 존재한다는 이야기다.

하루는 편집실에서 감독님과 편집실장님이 편집한 결과물을 보며 나는 고민에 빠졌다. 내가 생각한 것과는 완전히 다른 결과물이었다. 내 설명이 충분치 않았거나, 그들의 고민이 길을 잘못 들었거나 어쨌거나 대대적인 수정이 필요했다. 이 컷은 빼주세요, 저 컷을 넣어주세요, 이 컷을 그때 촬영장에서 봤던 그 컷으로 바꿔주세요, 그 컷은 좀 더 짧게 들어가게 해주세요. 나의 요구는 거침이 없었고, 그렇게 내가 원하는 대로 컷들을 빼고 넣고 하다 보니 결과물은 그만, 매력을 다 잃고 민숭민숭해져 버렸다. 원하는 대로 다 했는데 내가 원하는 그림과는 더 멀어져버리다니. 나는 당황하기 시작했다. 뭔가 잘못되었는데 그게 무엇일까. 지금 이 편집실 안에 내려앉은 무기력함은 무엇일까. 모두 팔짱을 끼고 '자, 우리는 네가 하자는 대로 다 했어, 이제 어쩔 건데'라고 은연중에 나에게 말하고 있었다. 나는 크리에이티브 디렉터. 나의 디렉팅에 뭔가 문제가 있었다. 뭘까. 뭐가 문제일까.

나의 말이 멈추며 함께 멈춘 편집실장님의 손을 보다가 깨달았다. 나의 피드백들은 실장님의 손만 사용하고 있었다. 바로 옆에 앉아 있는 감독님을 허수아비로 만들고 있었다. 명백히 편집 전문가와 영상 전문가를 앞에 앉혀놓고, 그들을 이 시간 안에서 배제하고 있었던 것이다. 그들의 전문성을 존중하지 않고, 그들의 전문성을 무용지물로 만들고, 마치 나만이 이 프로젝트의 전문가인 양 굴고 있었던 것이다.

그제야 나는 자세를 고쳐 앉았다. 감독님과 실장님에게 솔직하게 말했다. 이 영상에서 내가 가장 중요하다고 생각하는 부분을. 어떤 부분이 특히 강조되었으면 좋겠는지를. 그래서 저 컷이 필요 없다고 생각했던 것이고, 이 컷이 더 길어졌으면 했던 거라고. 근데 내가 하자는 대로 다 했더니 결과물이 내 마음에 안 드는데, 뭘 어떻게 해야 할지는 모르겠다고 솔직하게 다 말했다. 그랬더니 감독님이 말했다.

"아, 그렇다면 저희가 아까 보여드린 결과물들은 맞지 않는 것 같아요. 아까 좋다고 한 그 컷이 길게 앞을 끌어주고…."

실장님도 바로 의견을 내놓았다. 감독님과 실장님의 의견이 더해지며 영상은 점점 내가 원하는 방향으로 가고 있었다. 한 사람의 손, 한 사람의 입이 아니라 그 모두의 머리를 빌렸더니 영상은 어느새 내가 원하는 곳에 도착해 있었다. 그곳은 내가 상상하던 곳보다 훨씬 더 멋진 곳이었다.

좋은 피드백은 무엇일까? 원하는 것을 정확하게 전달하는 피드백, 피드백을 받는 사람의 노하우와 생각을 빌리는 피드백, 피드백을 받는 사람을 한 사람의 구성원으로 참여시키는 피드백이 좋은 피드백이다. 적어도 나는 그렇게 생각한다. 특히나 나는 정말 다양한 사람들을 만나서 그들의 전문성을 모아서 하나의 프로젝트를 완수하는 사람이다. 결코 혼자서 할 수 있는 일이 아니다. 아마 회사를 다니는 사람이라면 모두가 어느 정도는 다른 사람의 능력에 기대서 일을 해나간다. 후배부터 동료와 선배까지 그들이 최상의 능력치를 발휘해줄 때 우리의 일도 더 빛이 나게 된다. 그렇다면 팀의 인턴까지도 한 사람의 몫을 할 수 있도록 일을 배분하고, 피드백을 줘야 한다. 일을 하고 싶게 만드는 피드백을 줘야 한다.

피드백을 줄 때 한마디 말만 전달하지 않으려는 이유다. 최대한 내가 가진 정보 전부를 준다. 광고주의 성향부터 예상되는 반응과 이 제작물이 가진 특수성과 놓치지 않아야 할 핵심까지 전부를 준다. 내가 지금 왜 이런 판단을 하는지, 왜 특정 부분을 강조해달라고 말하는지 최대한 이해가 되도록 말한다. "폰트 좀 키워주세요"라는 단순한 피드백이 필요할 때도 있지만, 폰트를 키우는 것이 능사가 아니고 저 문장이 도드라지게 보이는 방법을 찾고 싶은 것이다. 그건 내가 할 수 있는 일이 아니다. 그렇다면 설명을 해야 한다. 전문가들이 고민할 수 있도록, 발판을 마련해줘야 한다. 그렇게 디자이너의 손부터 머리까지 모두 빌려와야 한다. 무엇보다 그들의 마음을 빌려와야 한다. 혼자만의 일방적인 피드백을 즐겨하는 사람들이 들으면 충격을 받을 수도 있겠지만, 당신 한 사람의 머리에서 나온 결과물보다 여러 명의 머리와 마음이 고민해서 만든 결과물이 대체적으로, 비교할 수 없을 정도로 더 훌륭한 법이다.

물론 쉽지는 않다. 바쁜 일에 휩쓸려가다 보면 어느 순간 또 나쁜 피드백을 주고 있는 나를 발견한다. 다행히 그 피드백이 지나칠 때 팀원들은 참지 않는다. 반론을 제기하고, 이유를 묻는다. 그럼 나는 자세를 고쳐 앉는다. 이들을 이해시키기 위한 모든 정보와 경험을 꺼내서 설명한다. 그 과정에서 내가 말한 방법보다 더 좋은 방법이 찾아지기도 하고, 내가 상상한 것보다 더 좋은 결과물이 나오기도 한다. 왜냐하면 팀원들의 머리와 마음이 더해졌기 때문에. 팀원들이 나쁜 피드백을 주고 있는 팀장을, 적합한 피드백을 주는 팀장으로 바꾸어놓았기 때문에.

픽사에서 만들어지는 모든 영화가 반드시 통과해야만 하는 관문이 있다. 1차로 완성된 영화를 영화 제작에 참여한 사람은 물론, 픽사의 감독들과 프로듀서까지 모두 함께 보고 의견을 나누는 자리다. 이 자리의 이름은 '브레인트러스트Braintrust'. 모든 전문가들의 머리를 믿겠다는 자리. 모든 전문가들이 현미경과 메스를 들고 앉아서 영화를 낱낱이 해부한다. 심지어 픽사의 모든 영화는 그 과정을 여섯 번이나 거쳐야만 개봉 가능하다. 생각만 해도 오금이 저리고 머리끝이 삐쭉삐쭉 서는 기분이다. 내가 존경해 마지않는 동료들의 솔직하고 날카롭고 거침없고 때론 너무나도 불편한 피드백을 여섯 번이나 받아야만 하다니. 하지만 이 자리에서 피드백을 줄 때 규칙이 하나 있다. 모두가 피드백을 주되, 그 피드백에 대한 해결책은 반드시 감독이 스스로 찾아야만 한다는 것이다. 말 그대로 브레인트러스트. 다시 한 번, 이 영화를 책임지고 있는 당신의 머리를 믿는 것이다.

팀장인 나는 수시로 고민한다. 나와 같이 일하는 사람들의 머리를 믿는 법을. 좋은 피드백으로 좋은 동료들을 얻는 법을. 나 혼자서는 아무것도 아니지만, 우리가 되는 순간 우리의 폭발력은 누구도 예상하지 못한 곳까지 뻗어가는 법이니까.

사람은 물과 같아서

회의 시간 30분 전. 팀의 대리 두 명이 투닥거린다.

"야, 보지 마."

"조금만 보여줘. 응? 한 번만 보자."

분명 한 명은 아이디어가 빈곤한 상태고, 다른 한 명은 준비를 거의 다 마친 상태일 거다. 아이디어가 빈곤한 쪽이 조그마한 팁이라도 얻을까 싶어서 다른 친구 노트북을 기웃거리는 건, 광고회사의 유구한 전통이고. 한 명이 기를 쓰고 안 보여주려고 하고, 또 한 명은 기를 쓰고 보려고 하기에 결국 내가 나섰다.

"30분 후면 모두에게 보여줄 건데 뭘 그렇게 안 보여주려고 해.

그리고 내가 아이디어 안 가지고 오는 걸로 뭐라 그러지도 않는데 뭘 또 그렇게 보려고 해. 아이고, 니들이 무슨 고등학생이냐."

"그래도 회의 시작 전에 아이디어 보여주는 건 좀 그렇잖아요."

"뭐가 좀 그래. 나는 맨날 다 보여줬구만."

"진짜요?"

진짜 나는 다 보여줬다. 아침 일찍 출근해서 자리에 앉으면 종종 아트디렉터가 와서 슬쩍 물었다.

"아이디어 좀 냈어?"

"응. 어제 좀 냈었고, 오늘 오면서 좀 더 생각했지."

"민철, 나는 이게 너무 어려워. 도저히 안 풀려."

"그래? 나는 이런 식으로 생각했는데…."

내 아이디어를 미리 보여주는 게 나는 진심으로 아무 상관없었다. 어차피 몇 시간 후면 서로 다 볼 텐데. 당장 곤란해하고 있으니까 내가 생각한 것까지 알려주면 거기서부터 더 발전될 수도 있는 거고. 그 시간 안에 누구 머리에서라도 좋은 아이디어가 나오면, 우리 팀 광고가 좋아지는 거고. 다행히 그 친구는 낼름 내 아이디어를 가로채가는 유의 사람이 아니었다. 내 아이디어에서 조금이라도 도움받은 날이면 잊지 않고 꼭 회의 시간에 이렇게 말했으니까.

"저는 실은 아침에 민철이가 낸 아이디어를 미리 보고 조금 더 발전시켜봤는데요…."

이제는 옆 팀 팀장이 된 그 친구와 최근 그때의 이야기를 나눴다.

"요즘 우리 팀 친구들을 보니까 회의 시간 전에 서로 아이디어를 안 보여주려고 그러더라고. 근데 우리는 안 그랬잖아. 헤매면 서로 미리 아이디어 보여주고 막 그랬잖아.

그 친구는 내 눈을 똑바로 쳐다보며 말했다

"응. 민철아. 그거 너만 그랬어."

아. 그랬던 건가. 이렇게 다시 한 번 나의 물 이론이 검증되는 건가.

물 이론. 거창한 이론이 아니다. 당신도 이미 다 알고 있는 사실에 이름을 살짝 붙여보았을 뿐이다. 사람은 물과 같아서 상대가 어떤 마음으로, 어떻게 행동하느냐에 따라서 물처럼 다양하게 변모한다는 것이 이 이론의 골자. 상대가 유순하게 나오면 까칠한 사람도 숨겨왔던 약간의 유순함을 꺼내고, 상대가 이기적으로 나오면 나도 별 생각이 없다가도 갑자기 눈을 모로 뜨고 까칠하게 나온다는 것. 그 당연하고도 당연한 진리를 생각하면 팀 내에서 내 태도는 명확할 수밖에 없었다. 나는 쓸데없는 일에 힘을 빼고 싶지 않았다. 안 그래도 힘든 회사 일, 팀 내에서 무슨 경쟁이고, 무슨 복잡한 계산인가. 너무 순진한 생각인가. 근데 한 명이 작정하고 이런 태도로 나오면 이기려고 들던 상대도 약간 머쓱해질 수밖에 없다.

벌써 10년도 더 전의 일이다. 정말 큰 광고주가 우리 팀 담당이 되었다. 엄청난 일 폭탄이 우리 팀에 떨어졌다. 그때 우리 팀은 팀원만 아홉 명. 세 명씩 다시 한 셀을 이루고 있는 구조였다. 큰 팀 안에 다시 작은 팀이 세 개가 있는 구조. 세 개의 작은 팀이 있으니 아무리 큰 일 폭탄이어도 처리할 수 있을 거라 생각했다. 하지만 막상 닥치니 만만치 않았다. 매 순간 새로운 프로젝트가 팀에 도착했고, 그때마다 각 셀은 서로의 눈치를 보았다. 저 프로젝트를 누가 맡을 것인가. 안 바쁜 셀이 없었고, 욕심이 없는 셀도 없었다. 그러니까 너무너무 맡기 싫은 마음과는 별개로 새로운 일이 조금 탐도 나는 상태랄까. 매번 그 눈치 싸움을 할 수는 없었다. 말하지 않았는가. 안 그래도 힘든 회사 일, 팀 내의 경쟁과 계산은 딱 질색이었다. 공정한 절차가 필요해 보였다. 누구도 이의를 제기할 수 없고, 결과에 승복하며, 쉽게 자신의 운명을 받아들일 수밖에 없는 완전무결한 방법이 딱 하나 있었다. 바로, 가위바위보.

"가위바위보로 하시죠."

사람들은 내 제안에 쉽게 고개를 끄덕이지 않았다. 마치 신성한 일을 불경한 방법으로 결정내리는 것 같은 느낌이었을까? 그러나 달리 방법이 없었다. 다시 생각해보면 가위바위보만큼 신성한 운명의 영역도 없지 않은가. 실력은 매순간 리셋되고, 꼼수는 통하지 않으며, 운명은 1초 만에 판가름나니. 그때부터였다. 새로운 일이 도착할 때마다 팀장님 방은 아홉 명의 팀원들로 북적였고, 커다란 환호성과 짧은 탄식이 동시에 그 방에서 흘러나왔다. 이어지는 높은 웃음소리는 덤이었고. 팀장님도 처음엔 뭐 그러나 보다 하시다가 날이 갈수록 점점 더 흥미롭게 이 게임의 결과를 지켜보셨다. 너무 같은 패턴이 지겨워졌을 때 우리는 약간 변주도 줬다.

"일이 얼마나 좋은 건데, 이번엔 가위바위보에서 이기는 셀이 가져가죠."

그 시기를 거치며 확신했다. 사람은 물과 같다고. 각기 다른 개성을 가지고 각기 다른 뜻을 가지고 이 팀에 모여든 사람이었다. 이미 욕심이 많기로 소문난 사람도 있었고, 니들이 그러거나 말거나 유유자적 하는 사람도 있었다. 심지어 모두 비슷한 연차였고, 모두 팀장님에게 잘 보이고 싶었을 것이다. 그리고 나는 가장 먼저 백기를 들었다. 나는 눈치 싸움을 할 의지가 전혀 없다고. 당신들과 싸워서 이길 생각도 없고, 물론 질 생각도 없다고. 덕분에 싸움의 룰은 재편되었다. 아니, 애초에 싸움 자체가 사라져버린 것이다.

한 사람이 들어와서 갑자기 팀의 긴장도를 확 높일 때가 있다. 필요한 유의 긴장감을 불어넣는 사람도 있지만, 소모적인 긴장감을 불어넣는 사람도 있다. 그리고 또 한 사람이 들어와서 흩어져 있던 팀 사람들을 '우리'로 만들기도 한다. 소속감을 높이기 위해 회식을 하는 것도 아니고, 대단한 뭔가를 하는 것도 아닌데 팀의 모난 부분들이 어느새 삭 갈려서 둥글둥글 변하게 만드는 사람이 있다. 나의 물 이론에 따르면 당신은 그 모두가 될 수 있다. 당신이 어떤 입장을 취하느냐에 따라서 사람들은 달리 반응할 테니. 물론 하루아침에 달라지진 않을 것이다. 하지만 미세하게 사람들의 모양이 바뀌어 갈 것이다.

이제 당신에게 달려 있다. 당신이 일하고 싶은 팀 모양에 맞춰 당신의 모양을 정해라. 당신 주변 사람들이 당신의 그 모양에 맞춰질 것이다. 이 이론은 한 번도 틀린 적이 없다.

참을 수 없는 무거움

'팀장'이라는 말을 들으면 무슨 대단한 권력이라도 가진 사람 같지만, 팀장이 되어보면 안다. 이 역할처럼 고달프고 골치가 아프고 책임은 무거운데 동시에 손에 쥔 권력은 쥐꼬리만 한 사람이 또 없다. 생각해보라. 말이 좋아 팀장이지 팀장은 아래 위로는 팀원과 임원 사이에 끼어 있는 사람, 옆으로는 다른 팀장들 사이에 끼어 있는 사람이니 말이다. 위에서 아래에서 옆에서 동시에 압박감을 주면 팀장은 터져버릴 수도 있는 존재라는 걸 나도 이제는 안다. 영원히 알지 못했다면 더 좋았을 테지만.

한번은 우리 팀에서 큰 프로젝트를 담당하게 되었다. 중요한 프로젝트라 처음 오리엔테이션 자리부터 북적였다. 한두 팀이 참여하는 것이 아니었다. 심지어 윗분들의 관심도 대단했다. 아이디어를 정리해서 보여주면 피드백이 쏟아졌다. 누군가는 좋다고 말한 아이디어에, 누군가는 그 길은 아니라고 강경하게 막아 세웠다. 방금 전 다른 팀에서 보내준 피드백도 다 소화하지 못했는데, 그 위로 윗분의 피드백이 와르르 쏟아졌다. 이제 겨우 아이디어 방향이 정해졌다 싶으면 또 다른 피드백들이 가로막았다. 모두가 이 프로젝트를 대단히 몹시도 굉장히 중요하다고 판단하는 게 틀림이 없었다.

좋은 아이디어다 싶으면 누군가가 말했다. "다리가 너무 짧지 않아요?" 수정을 해서 보여주면 "헤어스타일을 좀 세련되게 다듬었으면 좋겠는데." 세련된 아이디어가 뭔지는 몰라도 그런 느낌의 아이디어를 조금 더해서 다시 보여주면 "결정적으로 얼굴이 못생겼네요"라는 피드백을 받는 형국이었다. 그들이 원하는 대로 다 하다가는 괴물이 탄생할 것임에 틀림이 없었다. 아니, 이미 우리의 아이디어는 덕지덕지 괴상한 모습으로 변해가고 있었다. 분명 모두의 마음에 들고자 열심히 일했는데, 일을 할수록 정작 우리 마음에는 전혀 안 드는 이 사태는 무엇인가. 뭐가 잘못된 거지. 어디서부터 잘못된 거지.

더 이상 참을 수 없었다. 결단을 내려야만 했다. 모두가 자기 입맛대로 아이디어를 요리하고 싶어 했지만, 명백히 이 프로젝트의 팀장은 나였다. 결국 결과가 좋지 않았을 때 가장 큰 책임은 팀장의 몫이 될 것이다. 모두 조금씩 선을 넘고 있지만 그들은 그저 좋은 결과를 위해 도움이 되려고 했을 뿐이라고 생각하고 있을 테니까. 그렇다면 내가 해야 하는 일은 명확했다. 내가 되고 싶은 팀장이 되어버리는 것. 어차피 져야 할 책임이라면 적어도 내 마음에 드는 결과물로 승부를 보고 싶었다. 또 기나긴 피드백 메일이 도착하고, 그 메일을 확인한 팀원들의 옅은 한숨 소리가 책상을 뒤덮는 순간, 나는 자리에서 벌떡 일어났다.

"내 맘대로 할 거야. 내가 팀장이야."

아, 그때 나를 바라보던 카피라이터의 눈빛을 잊을 수가 없다. 요 며칠 내내 불만과 무기력으로 가득 차 있던 그 눈빛이 갑자기 생기로 가득 찼다.

"네. 팀장님. 그렇게 해요. 우리 마음대로 해요."

각종 피드백 중에서 우리가 동의할 수 있는 것들과 동의할 수 없는 것 사이에 선을 그었고, 상대가 그 선을 넘어오려고 할 때는 단호하게 대응했다. 계속 스스로에게 말해주었다. 내가 팀장이다. 어떤 태도를 취하든 이 결과물은 내 책임이다. 동의가 되는 피드백을 가려서 수용해 우리 마음에 드는 결과물을 만들어야 된다. 그렇지 않았다가는 내 마음에도 들지 않는 결과물이 내 책임이 된다(다행히 결과는 좋았다. 정말로 다행스럽게도). 그때 나는 팀장이 어떤 역할을 해야 하는 사람인지 무겁게 인지하게 되었다.

팀장은 결정하는 사람이다. 수많은 사람들의 수많은 의견들 사이에 서서 어디까지 오케이를 할 것이고, 어디서부터 목소리를 낼지를 결정해야 한다. 그 결단의 지점에서 팀원들은 함께 용기를 내주기도 하고, 뒤돌아서서 조용히 이 프로젝트에서 마음을 거두기도 한다. 팀장이 결정 내려야 하는 것이 어디 그뿐인가? 업무의 자잘한 부분부터 시작해서 프로젝트의 방향까지 모두 팀장의 결정만을 기다리고 있는 경우가 많다. 물론 안다. '모두 팀장의 결정만을 기다리는' 이 표현이 얼마나 팀장들을 겁에 질리게 하는지. 내가 뭐라고 내가 이걸 다 결정하고 책임을 질 순 없잖아, 라는 진심이 튀어나온다는 것도 안다. 이 결정이 틀린 결정이면 어떡하지, 라는 걱정이 무엇보다 앞선다는 것도 안다. 결정을 조금만 더 뒤로 미루면 더 좋은 결정이 가능하지 않을까, 라는 도피의 감정도 찾아온다는 걸 안다. 어떻게 아냐고? 그 모든 감정들이 매일, 매 순간 나를 찾아오고 있으니까. 그때마다 나는 한 문장을 떠올린다.

결정을 하고, 그 결정을 옳게 만든다.

처음 나의 팀장님이 나에게 이 말을 해주셨을 때 나는 이 말의 무게를 알아차리지 못했다. 얼마나 많은 시행착오와 얼마나 많은 고민 끝에 도착한 말인지 그때 나는 알지 못했다. 그때 나는 일개 사원이었을 뿐이니까. 팀장님이 왜 종종 한숨을 깊게 쉬고 방문을 닫고 들어가시는지, 그 안에서 어떤 시간을 보내고 나오시는지 나는 짐작조차 할 수 없었다. 다만 조금씩 연차가 쌓이면서 문득문득 그 순간이 생각났다. '아, 그때 팀장님도 참 힘드셨겠다. 어쩌면 좀 무서우셨을 수도 있겠다'라고. 그리고 그 예감은 틀리지 않았다.

"팀장님, 혹시 그때 기억나세요?"

"기억나지. 진짜 생생하게 기억나. 큰일 났다 싶었어. 결정할 때까지는 확신이 있었거든. 이 방향이면 된다. 대단한 게 하나 나올 것 같다. 근데 그 회의를 내내 같이했던 카피라이터들이 써온 카피를 보니까 모든 확신이 와르르 무너지는 거야. 나 혼자 착각했나 싶고. 경쟁PT는 며칠 안 남았고. 너무 답답하고 무섭고."

"무섭다고요?"

"무섭지. 전부 나만 믿고 여기까지 달려왔는데, 내 확신이 사라진 거잖아. 그래서 생각해봤지. 내 결정이 틀린 건가? 근데 그렇다고 보기엔, 그 전 회의에서 본 가능성들이 여전히 살아 있더라고. 문 닫고 들어가서 오전부터 점심시간 내내 이렇게 저렇게 카피를 써봤지. 그렇게 몇 개의 카피들을 쓰고 나니까, 확신이 생기더라고. 이건 된다."

그때서야 알 수 있었다. '결정을 하고, 그 결정을 옳게 만든다'에 담긴 무게를, 결단을, 각오를, 책임을. 여기서 이 문장의 의미를 조금 더 명확하게 해두고 싶다. 이 문장의 정확한 의미는 '(내가) 결정을 하고, (나와 우리가) 그 결정을 옳게 만든다'가 될 것이다. 결정은 팀장의 몫이다. 하지만 정확한 시점에 꼭 필요한 결정(옳은 결정이 아니더라도)을 팀장이 해준다면 팀원들은 당신을 믿고 그 결정을 옳게 만들어줄 것이다. 당신의 가장 든든한 엔진이 되어줄 것이다. 그 엔진을 달고 당신은 당신의 결정을 옳게 만들면 되는 일이고.

이렇게 이야기를 하다 보니 꼭 밥 로스가 된 기분이다. 어려운 그림을 그려놓고 "참 쉽죠?"라고 늘 마무리하곤 했던. 쉽지 않다는 건 안다. 그러니까 노력해야만 하는 거고. 물론 나도 끝없이 노력하고 있는 것이고. 노력 끝에 당신의 결정을 옳게 만들었을 때 그 짜릿함을 당신이 꼭 즐기길 바란다. 참을 수 없게 달콤할 것이다.

패배를 삼키는 법

차마 회사로 출근할 수 없었던 날이 있었다. 모두 회사 앞 카페로 바로 출근했다. 각자 마실 것들을 주문하고 테이블에 모여 앉았다. 입을 여는 사람은 없었다. 우리 팀이 이렇게 조용한 적이 있었나? 명색이 팀장이니, 내가 뭐라 말을 시작해야 할 것 같았는데 모든 단어들이 입에서 서걱거렸다. 어제까지만 해도 세상 어떤 아이디어와 붙어도 1라운드에 케이오 승을 거둘 것만 같았던 우리 팀의 아이디어가, 처참하게 졌다는 소식이 막 당도한 참이었다. "우리 회사 점수가 제일 높았다는데, 대표가 마지막에 마음을 바꿨다고 그러네요." 기획팀이 위로로 건넨 정보였지만, 그런다고 바뀌는 건 아무것도 없었다. 우리는 경쟁 프레젠테이션에서 졌다. 점수가 높았건 어쨌건 간에 우리가 졌다. 선명한 패배. 그보다 더 선명한 상처.

이유가 뭘까. 유난히 나의 목소리가 많이 개입한 프로젝트였다. 정확하게 내 손가락이 한 방향을 가리켰고, 팀원들은 그 방향으로 향하는 자동차를 만들고, 바퀴를 달고, 창문을 뽀득뽀득 닦고 기름을 가득 채웠다. 늦은 밤까지 작업하는 날들이 많았고, 새벽부터 나와서 고민하는 아침도 잦았다. 그렇게 진심으로 프로젝트를 준비한 팀원들의 탓일 리가 없었다. 그건 불가능한 일이었다. 마음속에서 프로젝트 준비하는 과정 내내 이뤄졌던 나의 판단, 나의 결정이 하나둘씩 융기하기 시작했다. 어느새 나의 잘못이 히말라야 산맥을 이뤄버렸다. 산꼭대기마다 백기가 펄럭이고 있었다. 백기들이 한목소리로 요란하게 말하고 있었다. 이번엔 너의 잘못이야. 팀장의 잘못이 아니라면 누구의 잘못이겠어. 이토록 무능한 팀장 밑에서 일을 하는 우리 팀 사람들, 안타까워서 어쩌나.

만약 이번이 유일한 패배라면 나의 이 반응은 유난일 것이다. 광고 회사의 승률은 3할이 평균이니까. 이번이 두 번째 패배라면 이것은 성급한 판단일 것이다. 두 번으로 능력을 의심하기엔, 재능을 평가절하하기엔 안 그래도 가혹한 광고 바닥에서 너무 가혹한 처사일 것이다. 하지만 한두 번이 아니었다. 몇 겹의 패배가 연속해서 쌓이고 있는 중이었다. 확신이 의심이 되고, 그 의심은 이제 우리의 아이디어가 아니라 나의 실력을 향하고 있었다. 팀원들은 책망하는 눈빛 한 톨 보내지 않았지만, 내가 바늘이 100개 달린 몽둥이로 내 마음을 사정없이 찌르고 있었다.

냉정할 필요가 있었다. 반성도 지나치면 과대망상이다. 어떤 판은 정치적 입김이 작용했고, 회사의 다급함에 좋지 않은 상황에서 구원투수로 나선 판도 있었다. 우리가 구원투수로서의 역할을 완벽하게 하고 돌아왔으면 좋았겠지만, 아무리 유능한 구원투수라도 실점을 한다. 완벽한 판이 왔을 때에만 플레이를 해야 한다는 것도 아니다. 완벽하다는 건 조건이 아니라 결과론에 가까우니까. 이긴 사람에겐 완벽한 판일 거고, 진 사람에게는 불합리한 구석이 한두 개가 아닐 것이다. 완벽한 판이든 아니든, 우리는 최선을 다했다. 서로의 아이디어 앞에서 자신도 모르게 나온 감탄사가 거짓은 아니니. 이 아이디어면 광고주에게도 정말 좋은 국면이 마련될 것이라고 확신하며 쓴 카피와 디자인이 그 순간만은 최선이었으니. 프레젠테이션 전날 정리된 아이디어를 보며 우리는 우리를 향해 진심으로 박수를 쳤으니. 그렇다면 나는 지금 결정해야 한다. 어떻게 패배할 것인가.

패배 앞에서 팀장이 취할 수 있는 태도는 두 가지다. 목소리를 낮추거나, 목소리를 높이거나. 목소리를 낮춰 지금까지의 과정에서 있었던 과오를 인정하고 찬찬히 반성하거나, 목소리를 높여 우리의 아이디어를 알아보지 못한 상대의 불운을 개탄하며 약간의 욕 섞인 한풀이를 곁들이는 것. 침묵은 그 선택지에 없다. 침묵은 나중에 해도 늦지 않다. 침묵하며 팀장 자신의 감정을 살피기 전에 시급히 팀원들을 돌봐야 한다. 팀원들이 실패를 내재화하기 전에 얼른 조치를 취해야 한다. 실패가 내장 어딘가에 박히면 그다음은 수습이 복잡해지기 때문이다. 승리가 목전이라 조금만 더 힘내면 될 것 같은 상황에서도 갑자기 내장에 박힌 실패의 기억이 고개를 들면, 패배는 정해진 결과가 된다. '1등도 해본 놈이 한다'라는 말은 팩트다. 패배의 기운을 물리치기 위해 나는 목소리를 높이는 편을 택했다. 수많은 패배의 원인에 밟혀 죽느니, 사기를 드높이기로 한 것이었다. 우리 팀 어디에도 패배감을 위한 자리는 없었다. 아니, 없어야만 했다.

"어떻게 이렇게 계속 질 수 있을까요." 누군가 힘없이 이야기 하면, 나는 대답했다. "그 회사의 복이 거기까지인 거야. 우리 같은 복을 걷어차다니." 누군가 또 굴을 파고 땅 밑으로 들어가려 하며 "우리가 뭘 잘못한 걸까요"라고 말하면 뒷덜미를 확 낚아채고 말했다.

"잘못을 하긴 뭘 해. 다 꺼지라 그래. 우리가 제일 잘했어. 다음 건 이길 거야." 물론 내내 내가 이 태도를 견지한 건 아니었다. 나도 팀장이기 이전에 인간이니까. "아… 근데 내가 뭘 잘못한 걸까." 누가 팀 아니랄까 봐 그럼 팀원들이 목소리를 높였다. "아, 팀장님이 잘못하긴 뭘 잘못해요. 우리를 못 알아본 그놈들이 잘못이지."

서로를 위해 소리를 높이긴 했지만, 딱히 기운이 남아 있진 않았다. 그리고, 할 일도 남아 있지 않았다. 연거푸 떨어지다 보니 당장 다음 날부터 스케줄이 텅텅 비어 있었다. 마치 쌀이 떨어지듯이, 팀에 일이 한 톨도 남지 않고 똑 떨어진 것이었다. 몇 달 동안 미치도록 바쁘게 돌아가던 팀의 엔진이 갑자기 멈춰 섰다.

빈 스케줄표를 보며 생각을 오래 했다. 이 스케줄을 우리의 능력에 대한 성적표로 해석할 수는 없었다. 대신 이 텅 빈 스케줄표를 우리의 다음을 위한 기회로 삼는 건 어떨까? 다음에 엔진을 더 잘 돌리기 위해 연료를 쌓는 시간으로 만드는 건 어떨까? 그거라면 할 수 있을 것 같았다. 혹시라도 우리에게 부족한 것이 있다면, 우리는 우리 방식대로, 우리가 즐거운 방식대로 해결해나간다면 그것이 최선의 해결책이 될 테니. 언젠가 들었던 이야기가 번뜩 기억났다.

"내가 언젠가 들은 이야기가 있는데, 진짜인지는 모르겠어. 픽사에서는 직원들이 일주일에 한 번씩 모여서, 각자에게 흥미로운 것들을 이야기한대. 그게 뭐가 되었든. 그래서 말인데, 우리도 그거 한

번 해보면 어떨까? 각자 재미있는 것들을 가져오는 거지. 최근에 본 영상이든, 트위터에 올라온 이야기든, 빠져 있는 음악이든, 짤이든. 그러니까 뭐든지."

팀원들은 당장 좋다고 말했다. 실은 그들에게 다른 선택지가 있지는 않았다. 팀장이 하자는데. 논의 끝에 금요일 오전으로 시간을 정했다. 풍문 속 픽사처럼 월요일에 할까도 생각해봤는데, 아무리 재미있는 걸 가져오는 시간이라 그래도 월요일 아침에 뭔가를 가져가야 한다고 생각하면 주말 내내 마음이 불편할 게 뻔했다. 주말을 앞두고 가장 마음이 너그러운 금요일 아침에 재미있는 것들을 공유하며 웃기로 했다.

당장 그 주 금요일부터 우리들의 '금요일에 만나요' 시간이 시작되었다. 집에 있는 팝업 동화책들을 바리바리 싸서 간 날도 있었고, 한 배우의 수상 소감을 같이 보기도 했다. 비의 <깡>이 유행하기 시작했다는 것도, SNS에서 유명해진 밈들을 알게 된 것도, 금요일의 그 시간 덕분이었다. 책을 많이 읽는 나는 종종 책에서 본 흥미로운 사실들을 정리해갔고, 유튜브의 달인인 팀원은 요즘 뜨는 유튜버들을 자주 소개했다. 만약에 특정 광고주를 맡게 된다면, 이 유튜버와 함께 만들어보고 싶다는 포부도 곁들여서. 각종 신조어도, 새로운 미디어 아트도, 특정 아티스트의 작업 블로그도 공유를 했다. 가리는 분야가 없었고, 금지된 영역도 없었다.

그 시간의 유일한 단점은 한번 시작하면 너무 길어졌다는 것뿐이었다. 누군가 재미있는 걸 하나 보여주면, 그것과 관련된 다른 영상을 누군가 꺼내고, 그럼 그걸 보다 보면 또 다른 곳으로 이야기가 이어졌다. 그때마다 우리는 서로에게 감탄했는데, 각자 알고 있는 세계가 너무나도 다르고, 그 세계에서 설핏 드러나는 서로의 모습은 일할 때와는 사뭇 달라서 낯설었고 그만큼 또 매혹적이었기 때문이었다. 그 세계를 나누다 보면 어김없이 숨도 못 쉴 만큼 웃는 시간이 당도했다. 그러다 보면 금요일 오전이 후딱 가버렸고. 점점 재미있는 걸 컴퓨터 앞에서 찾기 지쳤을 때, 우리는 밖으로 나가보기로 했다. 이건 비밀인데, 회사 문만 나가도 재미있는 것들은 발에 차인다. 낙엽만 굴러가도 웃는 건 여고생들만의 이야기가 아니다. 회사원들도 회사 문 밖으로 나가면 굴러가는 자동차 바퀴에도 웃을 수 있는 존재가 된다. 그렇게 한 달에 한 번, '금요일에 떠나요' 시간이 추가되었다. 평소 가보고 싶었던 곳에 다 같이 가는 것이다. 주말에 가기엔 사람들이 너무 북적여서 엄두를 낼 수 없는 곳에 평일에 여유롭게 갈 수 있다니. 그것도 맘 맞는 사람들이랑. 그것도 근무 시간에. 우리는 우리 힘으로 우리 팀을 좀 더 좋은 곳으로 데려가고 있었다.

물론 그 금요일이 오래가지는 못했다. '금요일에 떠나요'는 단 한 번의 이벤트로 끝나고 말았다. 금요일 오전을 비운다는 것도 꿈같은 이야기가 되었다. 너무 바빠졌으니까. 왜 바빠졌냐고? 그다음부터는 경쟁 프레젠테이션에서 너무 승리했으니까. 연속해서 이겼으니까. 어떻게 그 팀은 맡는 것마다 이기냐고 사람들이 물어왔으니까.

우리는 패배의 이유를 알지 못하는 것처럼, 승리의 이유도 알지 못한다. 패배할 때와 마찬가지로 승리할 때에도 우리는 최선의 공을 던졌으니까. 다만 우리가 그 시간을 보내며 우리를 조금 더 좋아하게 되었다는 것만을, 단단히 결속된 우리 사이에 패배감이 앉을 자리는 어디에도 없다는 것만을 어렴풋이 짐작할 뿐이다.

MZ라는 이름을 걷어내고

팀의 카피라이터가 아침부터 지친 얼굴이다.

"팀장님, 진짜 요즘 애들이랑은 체력이 달려서 못 놀겠어요. 새벽 두 시가 넘었는데도 집에 갈 생각을 안 하고 계속 놀자는 거예요."

"얼마나 어린 애들이었는데?"

"…여섯 살 정도 어린…?"

"야, 우리 둘은 열두 살이나 차이 나는데, 나는 어떻겠냐. 자, 이제 늙은 팀장 좀 공경하도록 하자."

늙은 팀장은 과장이 아니라 팩트다. 적어도 우리 팀에서는. 가장 가깝게는 아홉 살 차이가 나고, 가장 멀리는 열다섯 살까지 차이가 난다. 모두 MZ세대다(실은 나도 턱걸이로 속하긴 하지만, 40대인 내가 20대 팀원과 한 세대라고 말할 순 없다. 그 정도 염치는 있다).

MZ세대. 요즘 어른들이 가장 무서워하는 요즘 사람들. 각종 언론에서, 각종 도서에서 끝없이 화제가 되는 사람들. 도대체 그들의 특징이 무엇인지 전 세대가 궁금해하고, 그들의 마음엔 뭐가 들어 있는지 모두가 탐구하고, 그들의 마음을 잡기 위해서는 어떻게 해야 하는지 모두 고민이다. 저마다의 방식으로 MZ세대를 분석하고 정의한다. 하지만 MZ세대와 한 팀을 이루며 살고 있는 나로서는 MZ세대에 대해 가장 정확하게 말한 사람은 MZ세대의 대표주자 래퍼 이영지라고 생각한다. <라디오스타>에서 이영지가 이렇게 말했다.

> MZ세대라는 건 알파벳 계보를 이어가고 싶은 어른들의 욕심이 아닐까요. MZ세대들은 본인들이 MZ세대라는 걸 전혀 자각하고 있지 않아요.

하루 종일 MZ세대와 일을 하고, 그들과 밥을 먹고, 수다를 떨고, 커피를 마시는 사람으로서 나는 이 말에 전적으로 찬성한다. 이들을 하나로 묶을 단어를 찾을 수 있을까? 그 단어를 찾는 것이 의미가 있을까? 적어도 나는 MZ세대의 특징을 고스란히 나타내는 사람을 아직 만나보지 못했다. 대신 MZ세대답지 않게 책임감으로 똘똘 뭉친 친구를 만났고, MZ세대답지 않게 생각이 깊고 깊은 친구도 만났다. MZ세대답지 않게 아날로그에 몰두하는 친구도 있었고, MZ세대답지 않게 신조어를 기피하는 친구도 있었다. 이들을 한 단어로 퉁쳐서 설명한다고? 그게 가능한 일일까? 하지만 기성세대의 말 속에서 이들은 한 집단으로 묶여서 개탄의 대상이 된다.

"그건 자기 일이 아니라고 선을 딱 그어버리더라고. 요즘 애들 무서워~"

이 정도는 해줄 수 있지 않나? 라고 생각하면서 무심코 맡긴 일 앞에서 머쓱해진 선배가 토로한다. 하지만 다시 그 일을 시킬 수 없었던 걸 보면 어린 후배의 말이 맞았던 것 같다. 여기서 조금 더 생각해보자.

- 선배가 그런 일을 시킨 것이 이번이 처음이었을까?
- 요즘 사람들은 다 그렇게 확실하게 선을 그으며 살까?

두 질문에 대한 대답 모두 '아니오'일 것이다. 높은 확률로 선배가 여러 번 불합리한 일을 시켰을 것이고 거기에 대해 요즘 친구가 참다 못해 똑 부러지게 대답했을 것이다. 선배 일은 선배가 알아서 하시지요. 당연한 말이다. 이전 세대는 차마 하지 못한, 그래서 속이 곪아버렸던 그 말을 요즘 친구들은 한다. 왜? 내 속이 곪아버리면 안 되니까. 곪아버리기 전에 정리하는 것이다. 이렇게 인류는 진화한다.

"요즘 애들은 다 그래."

물론 이렇게 퉁쳐서 생각해버리면 간편하다. 하지만 저런 말로 얻을 수 있는 건 별로 없다. 요즘 애들과 당신 사이에 더 굳건한 장벽이 생기긴 한다. 당신이 옛날 사람이라는 인식도 덤으로 얻을 수도 있고. 요즘 애들이 다 그렇고, 그들 때문에 바뀐 세상이 영 못마땅하다고? 책임을 돌리지 말라. 그냥 시대가 바뀌고 있는 것이다. 시대는 언제나 바뀌어왔고, 그때마다 요구하는 가치도 바뀌어왔다. 요즘은 불합리 대신 합리, 답답함 대신 효율이 주된 가치로 바뀌고 있다. 스마트폰처럼 합리적으로, 내비게이션처럼 효율적으로. 거기에 자신이 적응하지 못하는 걸 왜 젊은 사람의 탓으로 돌리는가.

"우리 때는 안 그랬잖아."

결국 마지막엔 이 말이다. 함께 요즘 친구들을 까자고 권유하는 말. 미안하지만 이 말을 들으면 나는 발화 당사자를 까고 싶어진다. 당신 참 과거의 자기를 미화시켜서 생각하고 있군요. 기억 속 당신은 자기 일도 착착 잘하고, 어떤 일이 주어져도 묵묵히 끝까지 해내는 사람인가 봐요? 야근도 당연하고 밤새는 것도 무섭지 않았죠? 왜 안 그랬겠어요. 하지만 당신이 진흙탕에서 굴렀다고 해서, 요즘 친구들이 함께 진흙탕에서 구를 필요는 없잖아요. 요즘 세상에서 일을 할 땐 알잘딱깔센. 아시죠? 처음 듣는 말이라고요? 요즘 친구들과 친해지려면 이 정도 말은 아셔야죠. 알잘딱깔센. 알아서 잘 딱 깔끔하고 센스 있게. 요즘 일은 그렇게 하는 거예요.

MZ세대를 완전 외계인처럼 생각하며, 그들을 공부해야 하고, 그들과 친해지기 위해서는 별다른 기술을 발휘해야 할 것처럼 생각하는 순간 그들과의 거리는 더 멀어질 것이다. 영 그들과 친해지기 힘들다고? 그렇다고 해서 회사 젊은 친구들 옆에 가서 요즘 춤을 추거나 그런 짓은 제발 하지 말라. 어설프게 줄임말 쓰면서 나도 너네 쪽이야, 라는 신호도 주지 말라. 대신 당신이 해야 하는 일은 명확하다. MZ세대라는 집단 자체를 머릿속에서 지워버리는 것. MZ세대라는 막연한 대상을 알아가려는 노력 대신 구체적인 개개인을 알아가려는 노력으로 채워가는 것. 구체적으로 어떤 노력을 해야 하냐고? 입을 닫고, 귀를 열라. 즉, '라떼' 이야기를 줄이고 그들 각자의 이야기에 귀 기울여라. MZ라는 이름을 붙여주는 대신 내 앞에 있는 나와 다른 인간에게 관심을 기울이는 것. 결국 길은 그것 하나뿐이 아닌가 한다. 너무 뻔한 답인가? 하지만 알지 않는가. 뻔한 답이 때론 진리에 가깝다는 걸.

나를 둘러싼 환경, 내 주변의 MZ세대들을 바라본다. 요즘의 어린 것들, 이라고 치부해버리기엔 매 순간 나에게 가르침을 더 많이 주는 나의 동료들을 바라본다. J차장은 '시간이 없어서 못 했다'라는 말을 세상에서 없애는 사람이다. 적어도 그녀는 일 앞에서 버퍼링이 없다. 정확한 시간에 자리에 앉아 허리를 세우고 빈틈없이 일한다. 놓치는 일 하나 없이 빠르게 일로 몰입해 들어간다. 요즘에도 이런 친구가 있다. P차장은 지난 세기의 산업역군처럼 일을 좋아하고 사람을 좋아한다. 많은 일 앞에 겁이 없고, 어떻게든 자기 선에서 기어이 해낸다. 더 큰 책임감을 주면 훌쩍 더 커버린다. 요즘에도 이런 친구가 있다. H대리는 끝까지 자기 목소리를 낸다. 쉽게 동의하지 않고, 자신의 생각을 솔직하게 밝힌다. 그렇게 거침없이 일에 자기 색깔을 더한다. 이 책의 그림을 이 친구에게 맡길 수밖에 없었던 이유다. 이 친구가 이 책에 또 어떤 색을 더하는지 나는 너무 보고 싶었으니까. L사원은 잠깐만 믿어주면 순식간에 어디까지 클 수 있는지 나에게 보여준 친구다. 선배들의 농담을 받아주다가도 일 앞에서는 신중하고 진지하다. 덕분에 스스로를 콩나물처럼 키우고 있다. J사원은 일 앞에서도 자신의 색깔을, 자신의 속도를 잃지 않는다. 풍성한 취향의 세계를 가지고 있는 사람이 깊이 생각해서 내놓는 아이디어들이 얼마나 기특한지 덕분에 매 순간 또 즐겁다.

이들을 하나로 묶어 퉁쳐버릴 이름을 애써 찾아본다. MZ라는 이름은 맨 먼저 탈락. '요즘 것들'이라는 말을 좋아하지만 그건 요즘 것들이 스스로를 칭할 때만 쓸 수 있는 단어고, 윗세대에게는 허락된 단어가 아닌 듯해서 탈락. '후배'는 정확한 명칭이지만 나의 존경심을 담는 데는 실패. 어쩔 수 없이 수식어의 힘을 빌린다. '후배라는 이름으로 매 순간 나를 가르치고 있는 스승들', 이 정도로는 말해볼 수 있겠다. 특별히 내게 인복이 많은 것도 아닌데, 좋은 스승이 내 주변에는 이렇게나 많다. 자랑, 맞습니다.

딴짓 성적표

팀원의 딴짓은 팀장의 성적표다. 이 시스템을 잘 이해하는 것이 중요하다. 팀원들이 딴짓을 할 때마다 팀장의 성적이 깎이는 것이 아니다. 오히려 반대다. 높은 실적처럼, 좋은 평판처럼, 팀원들의 딴짓 생활은 팀장의 성적표를 빛나게 한다. 생각해보라. “저 팀은 집에도 요즘 잘 못 가잖아”라는 이야기를 듣는 팀의 팀장이 되고 싶은가? 아님 “저 팀 사람들은 일도 잘하는데, 자기 생활도 잘 챙겨”라는 이야기를 듣는 팀의 팀장이 되고 싶은가?

나는 명백히 후자다. 그런 팀장 밑에서 자란 덕에 나도 그런 팀장이 되고야 말았다. 팀원이 유튜브를 해볼까 말하면 먼저 등 떠밀어 준다. 그림 계정을 만들어볼까 고민하면 빨리 만들라고 다그친다. 글쓰기 수업이든, 제빵 수업이든, 러닝이든, 클라이밍이든 우리 팀에서는 무조건 다 환영이다. 아니, 내가 환영하고 말고 할 게 뭐 있나. 그들의 사생활인걸. 회사 안에서 클라이밍을 하겠다는 것도 아니고, 회의실에서 빵을 굽겠다는 것도 아니고, 뭔 상관인가. 그 사생활이 얼마나 개인의 인생을 윤기 나게 하는지는 내가 제일 잘 아는데, 당연히 나는 적극 권장 모드다. 사람이 밥만 먹고 살 수 없는 것처럼, 일만 하고 살 수는 없다. 딴짓을 디딤돌 삼아 힘든 시기를 건너고, 딴짓에서 얻은 기운으로 매일을 더 잘 꾸릴 수 있는 것이다. 공부만 하겠다는 굳은 각오로 고등학교를 입학하자마자 탈춤 반에 가입한 사람으로서, 대학교 4학년 때 취업 준비로 마음에 한 톨 여유도 없을 때 동네 미술학원을 등록한 사람으로서 딴짓을 권장하지 않을 도리가 없다.

대학교 4학년, 그때 내게 미술학원이 없었다면 내가 그 시기를 어떻게 건너왔을지는 생각만 해도 아득하다. 일주일에 두 번, 학교를 등지고 걸어 아파트 상가 안에 있는 미술학원에 갔다. 누가 봐도 그때 나는 미술학원 같은 걸 다닐 입장이 아니었다. 매일 다른 회사에 이력서를 내고, 어떤 곳에서도 답이 오지 않고 있었으니. 아무

것도 내가 원하는 대로 되지 않고, 모든 순간이 내게서 미끄러지기만 하던 날들이었다. 울고 싶은 마음을 다잡고 아이들이 가득한 미술학원 구석에서 그림을 그리다 보면 아이들은 다 집에 가고 고요한 시간이 찾아왔다. 몇 시간을 그렇게 고요히 선을 긋고 집에 오면 전에 없던 에너지가 생겨나 있었다. 내가 원하는 대로 선을 긋고, 다 망쳐도 되는 시간을 보냈으니 마음이 기운을 내기 시작한 것이다. 그 구체적인 시간을 딛고 취업의 망망대해를 건너갔다. 결론적으로 그 시간은 취업 준비와 가장 먼 시간이었지만, 내게 가장 가깝게 힘이 된 시간이었다.

그 시간을 건너 회사원이 되었을 때 나는 사진 수업에 마음을 기댔다. 무거운 필름 카메라를 매일 들고 다녔고 출근길에는 수시로 사진관에 들러 필름 현상을 맡겼다(다행히 회사 바로 앞에 아침 일곱 시부터 문을 여는 사진관이 있었다). 사진 다음에 나를 구원한 딴짓은 불어학원이었다가 도예공방이었다가 또 요리수업일 때도 있었다. 물론 그 모든 시간 내내 나를 가장 많이 구원한 것은 글쓰기였다. 기쁠 때에도 슬플 때에도 맑은 날에도 흐린 날에도 한 줄이든 몇 줄이든 나는 글을 썼다. 그리고 그 시간들이 모여 어느새 나의 딴짓은 '작가'라는 이름까지 나에게 선물해주었고.

딴짓. 그 모든 시간 동안 나를 구원한 딴짓. 딴짓이 빠진 일상은 시시했지만, 딴짓이 더해지면 무채색의 일상에 작은 구멍이 생겼다. 앨리스의 동굴처럼 그 작은 구멍 속에서는 다채로운 감정들이 지나갔다. 그 감정을 하나 건져두면 펄떡펄떡 뛰며 다채로운 색상을 내 일상에 퍼뜨리곤 했다. 그 힘을 내가 너무나도 잘 알아서, 그토록 팀원들의 딴짓을 응원하게 되는 게 아닐까 싶다.

뜨개질 하는 스키 선수, 운동하는 개그우먼, 주말마다 캠핑을 떠나는 광고 감독, 새벽마다 글 쓰는 직장인, 전국 맛집 기행을 다니는 조율사, 틈틈이 만화를 그리는 신입사원, 아침마다 텃밭 농사하는 팀장, 랩하는 농구선수, 마술하는 축구선수, 틈틈이 배를 만드는 사장님, 요리에 너무 진심인 의사, 소설 쓰는 차장님, 술 만드는 선생님, 축구하는 국악인 등등. 실제로 본업을 하면서 딴짓을 하는 사람들을 조금만 나열해봐도 이토록이나 다채롭다. 열심히 딴짓을 하는 사람들이 본업에서 얼마나 빛나는 성취를 거둘 수 있는지는 굳이 설명하지 않아도 알 것이다.

회사원이라 딴짓을 할 여유가 없다는 핑계 같은 건 집어치우자. 단언컨대 딴짓을 하기에 회사원보다 더 좋은 신분은 없다. 어릴 때 잠깐 가졌던 꿈을 회사라는 안전망 안에서 펼쳐보는 것이다. 퇴근 후 꽃꽂이를 배워도, 주말에 목공을 배워도 회사는 우리에게 월급을 준다. 심지어 회사 안에서 브이로그를 찍는 걸 권장하는 회사도 있다. 그러니 안심하고 회사라는 안전망 안에서 최대치의 모험을 떠나보자. 회사를 다니고 있다면, 회사를 활용할 줄 알아야 하는 것이다. 알다시피, 회사는 우리를 잘 활용하는 방법을 너무나도 잘 알고 있지 않는가. 우리도 알아야 한다. 중소기업 지원 제도가 있다면 활용해야 하고, 동아리를 지원해주는 제도가 있다면 그것을 활용하는 것도 좋다. 물론 나처럼 그런 제도 같은 걸 알아보는 것조차 일로 생각하면서 도망가는 사람이라면 자기에게 적합한 방식대로 딴짓을 하면 된다. 그렇게 야금야금 안 쓰던 근육을 써봐야 한다. 그 근육들이 우리 자신을 일깨워줄 것이다. 어쩌면 내 삶을 내가 원하는 방향대로 나아가게 할 수도 있다고.

나 같은 팀장과 같이 일해보지 못했다고? 그럼 당신이 그런 팀장이 되면 된다. 인생에 이토록 간명한 이치가 또 없다. 선배가 후배 괴롭히는 게 대물림되고 있다고? 그럼 당신이 끊으면 된다. 후배일 때는 저런 선배가 되지 말아야지 생각해놓고 어느새 내가 그런 선배가 될 수는 없지 않은가. 마찬가지다. 안 되고 싶은 사람이 되지 않을 수 있는 것처럼, 되고 싶은 사람이 될 수도 있다. 그런 당신에게 유독 좋은 후배들이 많이 생길 것이다. 팀장인 당신도 좋은 팀에서 일하게 될 것이다. 그건 인생의 보너스다.

이미 인생은 일로 가득 차 있고, 인생의 빈 부분을 의미로 채우는 건 스스로 할 일이다. 딴짓에서 얻은 즐거움으로 얼굴이 반짝반짝한 팀원이 늘어날수록 좋은 팀장이 되는 것처럼, 딴짓하는 사람들이 늘어날수록 사회가 건강해지는 것이라 믿는다. 딴짓을 하다 보면 거기서 또 새로운 미래가 피어날지도 모를 일이고. 모를 일이니까, 일단 시작해볼까, 딴짓.

1
평소 내 그림을 보고 팀장님은
주기적으로 제안을 했다.

2
사실 모든 팀장님의 말들을
공중으로 부양시켰다.
왜냐? 귀찮으니까!!

3
그러다 한번은 팀장님의 목소리가
'제안'형에서 '미션'형으로 바뀌었다.

4
나는 생각했다.
나태지옥 1등 주민인 내가
여기서 또 도망친다면…?!
'찝찝하구만…'

5

그 주 주말, 눈물콧물 흘리며
계정을 만들고 그림을 올렸다. 이게 뭐람!!!

6

하지만 생각보다 별일이 아니었고
정해진 틀이 없으니
맘대로 그리고 맘대로 올렸다.

7

그렇게 쑥쑥 늘어가는 게시물과
반응들은 어느새 하루를 살아갈
그럴싸한 동력이 되었다.
(하트 하나에 심장이 두근거림!)

8

나의 딴짓은 이렇게
어처구니없이 시작되었다.
혹시 알까. 당신의 딴짓도
어디서 터질지 모르니
일단 해보자! 뭐든!

또 새롭게, 우리 팀

팀 사람들을 다 데리고 카페로 갔다. 할 말이 있었다. 회사라는 삭막한 공간이 아닌 그나마 한숨 돌릴 만한 곳에서 말하는 편이 낫겠다는 생각이 들었다. 이 말이 끝나면 바로 술을 마시러 가야 할 것 같아서 조금 늦은 오후에 팀원들과 카페로 갔다. 영문도 모르고 신나게 수다를 떠는 팀원들을 한참 보다가 말을 꺼냈다.

"얘들아, 나 할 말이 있어."

모두 시선이 나를 향했다. 어렵게 말을 꺼냈다.

"카피라이터 두 명이 이제 다른 팀으로 발령 날 거야."

어떻게 된 일인지 설명을 하는데, 감정 표현에 솔직한 대리 카피라이터가 먼저 울기 시작한다. 소식을 전하는 나도 결국 눈물을 훔친다. 잠시 후 언니들이 자리를 비운 사이, 언제나 점잖은 막내 카피라이터가 못 참고 운다. "팀장님, 저는 진짜 우리 팀이 너무 좋아요. 어떡해요"라며 운다. 발령 일자를 최대한 늦춰서 마지막으로 함께 프로젝트를 마무리하고 퇴근하던 날 저녁. 너무 울어서 눈이 퉁퉁 부어오른 대리 카피라이터가 나를 붙잡고 지난 몇 주간 하고 또 한 이야기를 다시 꺼낸다.

"팀장님, 저는 진짜 우리 팀 너무 사랑해요. 이런 팀 다시는 없을 거예요."

"너희들이 우리 팀이라서 정말 정말 정말 좋았어."

얼마나 오랫동안 호흡을 맞춰온 팀이길래, 라고 생각할 수도 있겠다. 하지만 '우리 팀'이 고정된 멤버로 가장 오래 존재한 것은 최초의 단 2년뿐이었다. 우리 팀 ver.1을 거쳐서 현재 우리 팀 ver.5까지. 많은 사람들이 '그 팀은 참 팀워크가 좋아요'라고 말을 하지만, 정말 오래 호흡을 맞춰온 사람은 얼마 되지 않는다. 떠난 이들이 많다. 그들만의 장점을 남겨두고. Y부장은 우리 팀에 지워지지 않을 꼼꼼함을 남기고 갔다. 우리가 우리만의 꼼꼼함에 몰두할 때마다 우리는 Y부장 이야기를 한다. K차장은 세상에 재미있는 것들이 계속해서 생겨나고 있다는 걸 우리에게 알려주었다. 덕분에 우리는 회사 밖으로 자꾸 시선을 돌리게 되었다. N차장은 아이디어의 완성도 자체를 높여주고 떠났다. 남아 있는 사람들이 그녀에게서 배운 것들을 새롭게 온 사람들에게 전파하고 있다. 그리고 이제 다시 두 명이 떠난다. 또 새로운 '우리 팀'을 만들어야 한다. 짧게는 6개월, 길게는 1년이 훌쩍 넘게 걸리겠지만.

우리 팀. 도대체 '우리 팀'이 뭘까. 더 구체적으로 말하자면, 팀워크를 만드는 요소는 무엇일까. 누구보다 뛰어난 팀원? 글쎄, 제일 뛰어난 사람을 다 모아놓은 팀이 가장 뛰어난 팀워크를 보여준다고 생각할 사람은 아무도 없을 것이다. 그렇다면 서로 비슷한 성향? 성향이 비슷하다면 편하다는 장점은 있겠지만, 이종결합에서 오는 신선한 결과물을 얻기는 힘들 것이다. 뛰어난 성과? 물론 성과는 고생을 보상해주는 달콤함이긴 하다. 하지만 그건 좋은 팀워크가 만들어내는 결과물 쪽에 더 가까울 것이다. 오래 고민해보았지만 그 어떤 답을 생각해보아도 번번이 만족스러운 답이 아니었다. 심지어 어떤 팀도 한 지점에 머무르지 않는다. 사람에 따라, 일에 따라 매 순간 변한다. 그렇기 때문에 어떤 사람에게는 최고의 팀이 또 다른 사람에게는 떠나고만 싶은 팀이 되는 것이다. 얼마나 많은 사례를 보았는가. 저 팀에서는 무능함만 뽐내던 사람이 다른 팀으로 옮기고는 핵심 인력이 되는 사례를. 물론 정반대의 사례도 너무 많고.

뭘까. 좋은 팀을 만드는 것은.

<슈퍼밴드>라는 TV 프로그램을 본 적이 있는가? 개인적으로는 시즌 1도 꼬박꼬박 챙겨봤고, 시즌 2도 끝까지 응원하며 봤다. 수많은 경연 프로그램들 중에 유난히 슈퍼밴드를 좋아하는 이유를 꼽아보자면, 이 프로그램이 유난히 '우리 팀'이 되었을 때의 힘을 폭발적으로 보여주기 때문이다. 각자 다른 재능을 가지고 있는 사람들이 여기 모였다. 누군가는 보컬, 누군가는 드럼, 누군가는 평생 클래식 음악만 했고, 누군가는 국악을 전공하고 있다. 기타를 가지고 참가했다지만 누군가는 일렉 기타, 누군가는 클래식 기타, 또 누군가는 스패니시 기타 전문가다. 그리고 모두가 초면이다. 방송을 통해 처음 만난 사람들과 즉석에서 무대를 만들어내야만 한다. 여기에서 기적이 피어난다. 피아니스트 한 명이 합류했을 뿐인데 밴드의 음악은 예상하지 못한 방향으로 흐른다. 밴드 음악에서 필수라 할 수 있는 보컬과 드럼 대신 기타리스트만 네 명이 모였더니 또 완전히 새로운 음악이다. 이 새로움은 매번 갱신된다. 새로운 조합에 또 다른 '우리 팀'이 탄생하기 때문이다. 결승 무대를 보고 이상순 심사위원이 감탄을 금치 못하며 말했다.

"한 팀이 되니까, 다르네요."

한 팀의 위력은 그 경연에 참가한 뮤지션 장하은 님의 말에서 짐

작가능하다.

"이제 무대 위에 올라가면 내가 안 느껴져요. 우리만 느껴져요."

좋은 팀이라는 것은 1+1=2의 공식으로 이루어지지 않는다. 1+1=7 더 나아가 1+1+1+1+1=3764 정도의 공식으로 팀은 만들어져야 한다. 이 기적을 위해서는 한 사람 한 사람이라는 단단한 바위뿐만이 아니라 이 바위들을 하나의 팀으로 뭉쳐주는 진흙이 반드시 필요하다. 그 진흙은 무엇으로 이루어져 있을까? 다량의 존중, 서로를 향한 감탄, 각자의 책임감, 지치지 않는 수다력, 거기에 허점과 보완과 성공과 박수와 밥과 술 그리고 무엇보다 웃음이 진흙을 구성하고 있다. 그 진흙이 더해져서 '우리 팀'이라는 기이한 공식이 완성되는 것이다. 강력한 진흙으로 단단해진 팀은 힘이 세다. 일은 더 술술 풀릴 것이다. 아이디어는 더 훌륭해질 것이다. 회사 생활에 즐거움이 더해질 것이다. 무엇보다 우리 모두에게 회사 속 가장 든든한 지원군이 생기는 것이다. 우리가 '우리 팀'이 되었으니까.

좋은 팀은 태어나는 것이 아니다. 결국 빚어가는 거다. 오랜 시간 모두가 함께 공들여서. 함께 비도 맞고 눈물도 흘리지만 대부분의 시간에 같이 웃으며. 적어도 같이 웃으려 노력하며. 서로의 의견을 조율해가며 각자가 생각하는 최적의 우리 팀을 향해 계속 나아가는 것이다. 아직 가장 좋은 우리 팀은 완성되지 않았으니까. 우리가 이 팀을 계속해서 더 좋은 팀으로 만들 테니까. 이제 두 명이 떠나가고, 새로운 두 명의 팀원이 온다. 새로운 사람이 오면 또 다른 우리 팀이 탄생할 것이다. 나는 간절히 바랄 뿐이다. 그 두 명이 '우리'가 되기 위해 노력해주길. 그렇게 새롭게 태어난 그 팀도 내가 좋아하는 우리 팀이 되길.

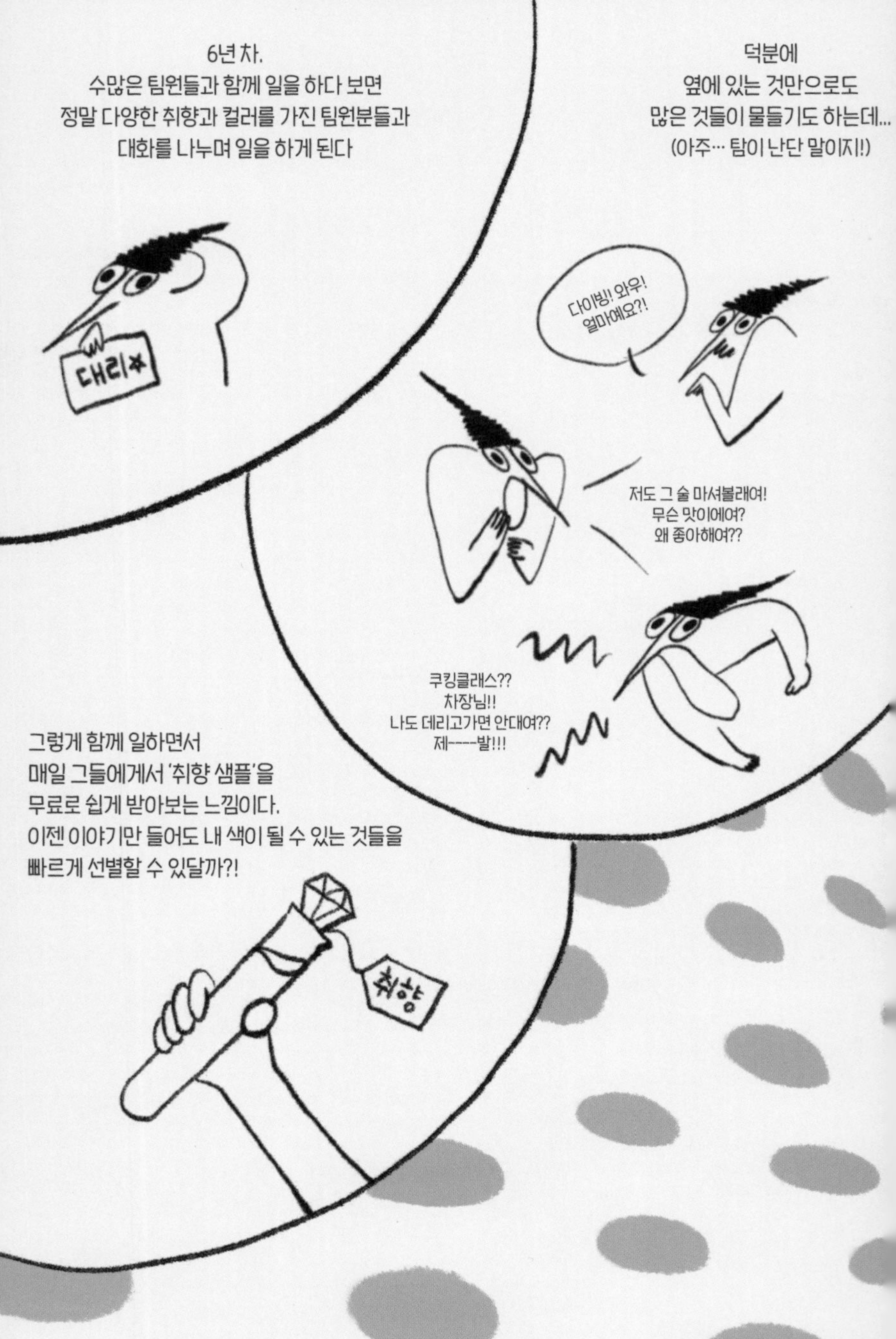

6년 차.
수많은 팀원들과 함께 일을 하다 보면
정말 다양한 취향과 컬러를 가진 팀원분들과
대화를 나누며 일을 하게 된다
대리
덕분에
옆에 있는 것만으로도
많은 것들이 물들기도 하는데...
(아주… 탐이 난단 말이지!)
다이빙! 와우!
얼마예요?!
저도 그 술 마셔볼래여!
무슨 맛이에여?
왜 좋아해여??
쿠킹클래스??
차장님!!
나도 데리고가면 안대여??
제----발!!!
그렇게 함께 일하면서
매일 그들에게서 '취향 샘플'을
무료로 쉽게 받아보는 느낌이다.
이젠 이야기만 들어도 내 색이 될 수 있는 것들을
빠르게 선별할 수 있달까?!
취향

좋은 자극을 주는
팀원들이 곁에 있는 것만으로도
왠지 힙해지는 느낌이 들 때가 많다!
(힙함 좀 업혀갈게요~)

나 만 의

시선을 멀리 두고 상상해보자

일 로

내 60대의 한 장면을

건 너 가 는 법

우리 모두는 퇴사 예정자

제목 그대로다. 우리 모두는 퇴사 예정자다. 늦거나 빠르거나, 지위가 높거나 낮거나, 준비가 많이 되어 있거나 말거나 상관없이, 우리 모두는 언젠가 퇴사를 한다. 이보다 더 공평한 명제는 없다. 노후대비는 모두의 숙제가 되었다. 아마도 많은 사람들이 이전 세대의 시행착오를 본 까닭에 더 빠르게, 더 열심히 노후 준비를 시작한다. 최근에는 재테크에 대한 사람들의 관심이 높아지면서 퇴사 후의 삶을 위해 연금을 준비하는 건 기본이고, 돈의 파이프라인을 만들어야 한다는 말도 어느덧 상식이 되었다. "내가 잘 때에도 돈이 일하게 만들어라!"라는 말이 격언처럼 들려오는데, 거기에 대해서는 나는 전문가가 아니니 덧붙이고 싶은 말은 없다. 다만 나는 그 말을 들을 때마다 생각하는 것이다. '돈은 그렇게 일한다 치고, 나는 무슨 일을 하며 살지?'

퇴사 후 인생을 위해 경제적 준비를 하는 것이 한 축이라면, 또 다른 한 축엔 일을 준비해야 한다. 평생 일을 했는데, 또 일을 해야 한다고? 억울한 감정이 들 수도 있겠지만, 사실이 그렇다. 물론 그 일은 지금까지 해온 일들과 성격이 다를 것이다. 돈벌이가 될 수도 있고 아닐 수도 있다. 생각지도 못한 일이 될 수도 있고, 평생 꿈으로 간직해온 일이 될 수도 있다. 내가 무슨 특별한 이야기를 하려는 것은 아니다. 이미 어른들에게 많이 들어봤을 테니. "나이 들어서도 자기 일은 있어야 해." 이 말은 진리에 가깝다. 덕분에 우리가 보기엔 평생 쓸 돈을 다 번 사람도, 정년이 보장된 일을 하는 사람도, 젊은 사람도, 나이 많은 사람도 자신의 일을 찾는 중일 때가 많다.

이 고민에 적극적으로 답하기 위해서 투잡러를 선택하는 사람도 있다. 세컨드잡을 가져야 한다는 조언을 얼마나 많은 곳에서 듣는지. 이제는 'N잡러'라는 말까지 생겨났다. MZ세대 다섯 명 중 한 명이 N잡러로 살고 있다는 통계도 있다. 평생직장이라는 개념이 사라졌으니 당연한 결말이다. 평생직장 대신 평생직업을 찾아 나선 사람들. 그것의 극단적인 형태가 파이어족일 것이다. 파이어족은 경제적 자유를 확보해 일찍 은퇴를 하고 결국은 남은 삶 동안 자신이 하고 싶은 일을 하고 살겠다고 선언하는 것이니.

물론 현재 회사 일을 미래에도 계속할 수 있는 법을 찾아낸다면 그것도 성공적일 것이다. 어쩌면 그것이 모두가 가장 원하는 성공일지도 모른다. 그 방면의 성공 사례는 또 얼마나 많은가. 회사에서 시선을 조금만 위로 올리면 그곳에 성공사례가 버젓이 존재하니 말이다. 하지만 나는 이 경우에도 자신의 다른 일을 찾으려는 노력은 반드시 해야 한다고 생각하는 사람이다. 다음의 사례도 너무 익숙하기 때문이다.

여기 한 사람이 있다. 얼마 전까지 이 사람이 거느리고 있었던 사람은 직접적으로는 수십 명, 간접적으로는 수백 명에 달한다. 열심히 일한 덕분에, 약간의 운도 따라줬기 때문에, 자신의 일에서 올라갈 수 있는 곳까지 올라갔다. 힘이 있었다. 최근까지. 회사의 업무를 파악하다가 약간만 지적해도 아래 직원들이 문제 분석부터 해결방안까지 다 가져왔다. 실행은? 믿을 수 있는 협력업체에 연락만 해두면 다시 착착착착 진행이 되었다. 주말이면 골프를 쳤다. 접대를 받았고, 접대를 하기도 했다. 종종 찾아오는 후배들에게는 성공한 선배로서 조언을 하곤 했다. 존경의 눈빛도 자주 받았다. 그러니까 이 사람은 유능했다. 최근까지. 하지만 이 모든 것을 과거형으로밖에 말할 수 없는 이유는, 이것이 이 사람의 현재가 아니기 때문이다. 은퇴를 하고 났더니 허무해진다. 회사 안에서는 의미가 있었던 나의 능력들이 회사 밖에서는 아무런 의미가 없다. 실은 관리자의 능력이라는 것이 그렇다. 관리할 사람이 없으면, 관리할 일이 없으면 아무 소용이 없다. 이제는 자신을 관리해야 하는데, 특별한 취미도 없고, 뭘 해보자니 막막하다. 무엇보다 나 자신과 도무지 친해지지 않는다.

이 이야기를 읽으며 모두 누군가를 떠올렸을 것이다. 너무나도 흔한 이야기니까. 지금도 바로 주변에서 일어나고 있는 일이니까. 얼마나 그 지위에 기대고 있었느냐에 따라서 아마 상실감은 다를 것이다. 허물어지는 속도도 다를 것이라 본다. 이것이 미래 준비에 돈뿐만이 아니라 자신만의 일 준비도 포함되어야 하는 이유다. 연금을 준비하는 마음으로, 미래의 일을 준비해야 한다. 그러나 어떻게?

대부분의 세상일이 그렇듯 여기에도 정해진 방법은 없다. 각자가 각자의 성공담을 가지고 있을 뿐이다. 그 성공엔 물론 노력도 필요하지만 실은 우연이 적극적으로 개입한다. 그러다 보니 남들의 성공담은 어디까지나 남들의 성공담일 경우가 많다. 들을 때는 그럴싸해 보이지만 정작 내 자리로 돌아오면 다시 한숨이 나온다. 뭐부터 시작해야 하지? 막막하기만 하다. 하지만 확실한 것이 하나 있다. 성공의 우연이 나를 찾아오길 기다리며 가만히 있었다가는 손에 아무것도 쥐어지지 않는다는 것. 움직이는 만큼, 시도한 만큼, 어쩌면 실패한 만큼 우리는 우리가 원하는 미래에 가까워질 것이다. 그래도 막막하다고? 당연하다. 나도 이 문장을 쓰면서 도대체 어쩌라는 건지 모르겠다. 하지만 작가가 이렇게 무책임하게 끝낼 수는 없으니, 두 가지 방법을 제안해보겠다.

- 1단계: 자기를 좀 더 넓은 세상에 풀어놓는 연습하기
- 2단계: 돌아와 자기 자신의 마음을 잘 들여다보는 연습하기

아마도 시도해보고 싶은 일이 있을 것이다. 꽃꽂이, 요리, 사진, SNS 인플루언서, 커피, 차, 공예, 글쓰기, 운동, 동호회 활동 무엇이든지 좋다. 하고 싶은 게 아무것도 없다고? 물론 그럴 수 있다. 그렇다면 조금이라도 해보고 싶은 무엇을 찾는 것부터 시작해보자. 지금까지 살면서 얻은 몇 안 되는 깨달음 중 하나는, 생각만으로 되는 것은 아무것도 없다는 것이다. 생각 속에서는 드넓은 전원 카페를 지어 적당히 한적하게, 적당히 돈도 벌며 살 수 있다. 하지만 그것은 우리의 현실이 아니다. 꿈속에서는 몇 만 명의 구독자를 보유한 유튜버도 될 수 있지만, 깨면 채널 개설도 안 한 현실 속 우리가 있을 뿐이다. 하고 싶다면 한 걸음이라도 떼야 한다. 로또 1등 될 꿈을 꾸

고 있다면 로또부터 사야 하는 것이다.

회사를 다니는 중이라면, 직장인이라는 이점을 최대한 잘 활용할 필요도 있다. 실패를 해도, 월급을 받고 있을 때 실패를 하는 것이 낫다는 이야기다. 심지어 직장인에게 미래를 준비하라고 나라에서도 제도를 만들어 놓았다. 국민내일배움카드. 수강료의 거의 대부분을 직장과 국가에서 지원하고, 본인은 돈을 조금만 내고 열심히 출석만 하면 된다. 이제는 대학생도 이 혜택을 이용할 수 있다고 한다. 어떤 방식이든 자신에게 맞는 쪽으로 한 걸음만 떼면 된다. 오래도록 꿈꾼 일이라도 막상 해보면 성격에 전혀 맞지 않을 수도 있고, 만만하게 생각했던 취미였지만 오래도록 공들여야 하는 취미로 판명날 수도 있다. 우선은 자기를 좀 더 넓은 곳으로, 더 많은 경험으로 풀어놓는 일이 필요하다.

그다음엔 반드시 2단계까지 연습해보자. 자기 마음을 잘 들여다보는 것이다. 뭘 할 때 가장 즐거웠는지, 그 경험의 어떤 부분이 자신에게 특히 잘 맞았는지, 계속 물어보자. 스스로에게 '왜?'라고 계속 물으며 스스로의 마음을 탐험하는 것이다. 하나의 경험이 반드시 하나의 일로 연결되는 것은 아니니, 그 경험의 어떤 측면이 스스로와 잘 맞는지를 물어가는 것이다. 회사 일 속에서도 스스로를 잘 들여다보면 아무리 작더라도 자신만의 장점이 존재하는 법이니 그

것을 잘 들여다보는 것도 병행되면 더 좋다고 생각한다.

하루는 친구가 내게 말했다.

"넌 참 부러워. 그래도 평생 하고 싶은 일을 찾았잖아. 나는 회사 그만두면 뭘 할지 모르겠어."

"어떤 걸 하고 싶은데?"

"레스토랑 매니저를 하면 잘할 수 있을 것 같아."

"갑자기?"

"회사 일을 하면서 깨달은 건데, 내가 끼워 팔기를 유난히 잘하더라고. 말 한두 마디만 해보아도, 이 사람이 원하는 건 이런 거구나 감이 딱 와. 그래서 가볍게 제안을 해보면 거의 다 받아들여."

나는 믿는다. 자신을 향한 객관적 시선, 그 시선을 바탕으로 한 상상, 그것이 미래 준비의 시작이라고.

언젠가 팟캐스트에서 신형철 문학평론가가 말했다.

"나쁜 질문을 던지면 아무리 좋은 답을 찾아낸다고 해도 우리는 그다지 멀리 갈 수 없을지 모릅니다. 그러나 좋은 질문을 던지면, 비록 끝내 답을 찾아내지 못한다 해도, 답을 찾는 과정 중에 이미 꽤 멀리까지 가 있게 될 것입니다."

아침에 화장을 하다가 이 말을 듣고 후다닥 뛰어나와서 얼른 받아 적었다. 그렇다. 우리 모두에겐 좋은 질문이 필요하다. 나를 어떤 미래에 데려다놓고 싶은가? 그 미래로 가는 데 도움을 줄 나의 자질은 무엇인가? 지금부터 발전시키고 싶은 나의 특성이 있는가? 이런 질문들에 대해 답은 간단하게 떨어지지 않을지도 모른다. 우리가 그렇게 간단한 존재가 아니기 때문에. 하지만 신형철 평론가의 말처럼 그 질문의 답을 찾아가다 보면 우리 자신에 대해 더 깊은 이해에 도달하게 될 것이다. 그 이해를 얻게 되면 '나는 어떤 일을 하고 싶은가?'와 같은 질문에는 간단하게 답하게 될지도 모를 일이고.

10년 동안 취미로 도자기를 배울 때에도 나는 계속 질문했다. 도자기를 만드는 시간이 이토록 즐겁다면 나중에 업으로 삼아도 되지 않을까. 외국으로 유학을 가보는 건 어떨까. 땅에 발을 붙이지 않은 공상과도 같은 질문들을 계속해서 던지는 시간을 한참이나 흘려보냈다. 그러다가 점점 사람들이 내가 만든 도자기에 관심을 가질 무렵, 나는 진지하게 이 일에 대해서 고민을 했다. 왜 이 시간이 좋은지, 왜 이걸 직업으로까지 생각하는지, 그렇다면 동시에 이 직업은 나에게 어떤지. 한번 흙을 잡으면 몇 시간이고 훌쩍 지나가버리기 때문에 이 질문에 골똘할 시간은 많았다. 그리고 공방의 다른 이들을 관찰하며 나와 그들의 차이점에 대해서도 더 명확하게 볼 수 있었고.

냉정하게 말하자면 나는 그냥 일에서 떠나 아무 생각 없이 흙을 만지는 시간을 좋아하는 거였다. 어떤 의무도 책임도 없는, 그러니까 나의 일상과는 너무 다른 공방에서의 시간을 흠모하는 거였다. 하지만 객관적으로 볼 때 도예를 직업으로 삼기에는 내게 어떤 결정적인 재능이 부족했다. 더 잘하고 싶은 마음과, 더 완벽하게 완성하고 싶은 집념의 부족. 이것이 너무나도 결정적인 결점이었기 때문에 더 깨끗하게 마음을 접을 수 있었다. 그건 글을 쓸 때와는 전혀 다른 나의 모습이었다. 계속해서 물었기 때문에, 계속해서 스스로를 관찰했기 때문에 얻을 수 있는 결론이었다. 그렇게 내 미래의 직업 하나는 깨끗하게 사라졌다.

물론 도예가의 꿈은 사라졌지만, 질문은 사라지지 않았다. 나는 끝없이 질문한다. 미래의 내 일에 대해. 글 쓰는 일을 계속하고 싶다면 어떤 글을 쓰고 싶은지를 생각하고, 지금 당장 내가 할 수 있는 일들을 가늠해본다. 왜? 미래의 나는 다른 누구도 아닌 현재의 내가 준비해야 하니까. 현생이 바빠 죽겠지만, 도저히 마음의 여유가 안 나겠지만 그렇다고 미뤄놓을 수는 없다. 가볍게, 최대한 가볍게 시작해보자. 미래의 당신을 위한 여러 모험을. 장담컨대 그 모험을 가장 즐거워 할 사람은 현재의 당신이 될 것이다.

모든 우거진 나무의 시작은 기다림을 포기하지 않은 씨앗이었다.

_호프 자런, 《랩걸》

어쩌다 작가 1

처음 내 이름 석 자가 적힌 책을 받았을 때가 기억난다. 그리고 그 책을 친구에게 선물했을 때 친구가 한 말도 똑똑히 기억난다. 대학시절 인터넷 문학 동호회에서 만나 단짝이 된 친구였다.

"기억나? 옛날에 우리 같이 서점에 가서, 여기에 우리도 우리 이름 적힌 책 한 권씩 놓자고 그랬었잖아."

"그랬어? 우리가? 나는 왜 하나도 기억 못 하지?"

"그랬었어. 이야. 김민철이 먼저 그 소원을 이루는구나. 축하해."

잘 기억나진 않지만, 이 친구의 기억이라면 믿을 수 있다. 그리고 저런 소망을 가진 나라면 낯설지 않다. 글을 쓰고 싶다는 건 아주 오래 품어온 꿈이니까. 심지어 작가가 된 후에 내 인스타그램을 우연히 찾게 된 고등학교 동창이 DM을 보내와서 알려주었다. 고등학교 때 선생님이 각자의 꿈을 이야기해보라고 했을 때 나는 글 쓰는 사람이 될 거라고 말했단다. 이건 정말 한 톨도 기억나지 않는 장면이다. 문학 소녀였던 적은 없었던 것 같은데, 글 쓰는 사람이 될 거라고 말했다고?

고등학교 시절까지 거슬러 올라가 이 꿈을 신격화시키고 싶진 않다. 대학생이 되면서 책을 본격적으로 읽기 시작했고, 책과 글의 세계는 아주 끈끈히 이어져 있으니까 그 꿈이 자연스럽게 생겨난 게 아닐까 생각한다. 심지어 내가 대학생일 때는 싸이월드의 시대였다. 글로 매일의 나를 털어놓는 것이 당연하게 여겨지던 시대를 남들처럼 거쳤다. 그러다 개인 홈페이지의 시대가 도래했다. 나는 기본적으로 수집욕과 정리욕이 있는 사람이다. 내가 쓰는 글들과 내가 좋아하는 문장들과 내가 찍은 사진들을 한곳에 다 정리한다고? 심지어 그것이 나만의 공간이라고? 욕심이 펄떡였다. 그때부터 몇 달 동안 퇴근 후에 컴퓨터 앞에 앉아 홈페이지 제작 책을 펴놓고 최소한의 공정으로 홈페이지를 만들었다(최소한이라고 하지만 나의 능력으로는 지옥 같은 시간이었다. 블로그라는 편한 길을 뻔한 길로 착각했기에 일어난 사달이었다). 회원가입을 해야만 내가 쓴 글을 볼 수 있는 시스템이었는데, 초반에는 누구에게나 홈페이지 주소를 알려주다가 후에는 그 누구에게도 알려주지 않게 되었다. 나는 하루에도 몇 번씩 글을 써대는데, 그 글이 너무 나라서 홈페이지 주소를 알려준다는 건 그냥 나 자신을 까발려서 다 공개하는 것과 같은 의미였다. 일일이 주소를 입력해서 들어와야 하는 개인 홈페이지의 시대는 생각보다 빨리 저물었다. 홈페이지 오픈 초반의 조회수는 100 단위를 넘어가다가 나중에는 10 정도에서 머물렀다. 아무도 오지 않는다는 이야기였다. 더 마음껏 내 이야기를 썼던 것 같다. 그렇게 10년 동안 혼자 그곳에서 글을 썼다. 누가 보고 있는지도 모른 채.

그러던 어느 날 처음 듣는 출판사에서 연락이 왔다. 나를 만나고 싶다고 말했다. 나를? 왜?

"안 만나려고."

남편이 나의 경계심을 누그러뜨렸다.

"어떤 제안을 할지 모르잖아. 만나는 봐."

4년 전 이미 첫 책을 낸 상태였다. 광고회사 회의에 관한 책이었다. 하지만 내 책이라고 말하기엔 조금 곤란한 구석이 있었다. 그 책을 쓰는 내내 나라는 사람이 드러나지 않도록, 혹시라도 돋보이지 않도록 애를 썼으니까. 아예 '나'라는 주어 자체를 거의 쓰지 않았다. 이건 내 책이라기보다는 우리 팀의 회의에 관한 책이었으니까,

나는 다만 충실한 기록자로 머물러야 한다고 생각했다. 그 때문이었을까. 책은 제법 잘 팔렸지만, 나라는 사람에게서 작가의 자질을 발견하는 사람은 아무도 없었다. 심지어 나도. 뭔가를 매일 쓰고는 있었지만 그건 일기에 가까운 글이었고, 그런 글들로는 책이 될 수 없다고 생각했다. 그렇기 때문에 4년 후에 책을 내자는 제안을 받았을 때, 그것도 에세이 책을 제안받았을 때 나는 거절할 수밖에 없었다.

회사 앞에 찾아온 에디터에게 첫 미팅에서 이렇게 말했다.

"도저히 안 되겠어요. 쓸 거리가 하나도 없어요."

알고 보니 나는 책을 신성시하는 사람이었다. 내가 그토록 좋아하는 책을, 나 따위가 쓸 수는 없다고 생각했다. 글이란 자고로 내가 좋아하는 작가들의 수준으로 올라가야 남에게 보여줄 수 있는 거라고, 내 마음속 글 감독관이 채찍을 휘두르며 소리치고 있었는데 문제는 당시 내가 좋아하는 작가들이 한강, 김혜순, 알베르 카뮈, 밀란 쿤데라였다는 사실이다. 도무지 말이 안 되는 이야기였다. 다시 한 번 거절의 의사를 명확히 밝혔다.

"원하시는 그런 글을, 저는 못 쓸 것 같아요."

에디터는 공들여 쓴 메일을 내게 보냈다. 사실 오랫동안 내 홈페이지를 봐왔다고. 대단한 무언가를 쓰지 않아도 되고, 그냥 일상을 카피라이터의 시선으로 '기록'했으면 좋겠다고. 그 말 끝에 에디터가 제안했다. 제목으로는 '모든 요일의 기록'을 생각하고 있다고. 다시 한 번 거절의 메일을 보냈던가, 다시 한 번 고민해보겠다 답을 했던가. 그 부분의 기억은 조금 지워져 있다. 다만 내 홈페이지의 글들을 봐온 사람이 한 제안이라는 사실에 나는 마음이 조금, 아니 격렬하게 흔들리고 있었다.

홈페이지에는 10년 치 글이 쌓여 있었다. 대부분 순간적인 감정들을 휘갈겨 놓은 것들이었지만, 가끔 공들여 쓰는 글들이 있었다. 책 속에서 만난 문장 하나를 두고 길게 써 내려갔을 뿐인데 고맙다는 댓글이 주렁주렁 달린 글도 있었고, 혹시나 내가 이 여행을 책으로 낸다면 어떻게 될까? 라는 상상을 하며 쪽글이 아닌 기승전결까지 마무리한 글도 있었다. 수동 필름 카메라를 여행에도 꾸역꾸역 들고 가서 사진을 찍고, 현상을 하고, 스캔을 받고, 그걸 또 정리해서 홈페이지에 가지런히 올려두기도 했다. 수십 개의 도시 속의 내가 좋아하는 벽들의 풍경도 수백 장 넘게 찍어서 홈페이지에 계속 업데이트를 했다. 언젠가는 이것들이 뭐가 될 수도 있지 않을까, 라는 소망을 연하게 품으며. 하지만 누가 좋아하건 말건 내가 좋아하는 것이니 계속 찍는다, 라는 마음가짐으로 임하려고 애썼다. 그럴 수밖에 없었다. 아무 반응이 없었기 때문이다.

나는 그렇게 자기 확신이 강한 사람은 아니어서 누가 좀 봐줬으면 하는 마음이 강하게 올라올 때도 있었다. 하지만 그 마음은 또 금

세 수그러들어서 누구에게도 그 공간을 본격적으로 알리지도 않은 채로 쓰고, 찍고, 업데이트를 하고, 정리를 했다. 조회 수가 얼마든 간에 계속했다. 10년 동안. 근데 그걸 본 사람이 있었다. 그 사람이 내게 와서 책을 내자고 말을 하고 있었다. 나는 못 믿어도, 이 사람의 감은 믿어도 되지 않을까. 나의 10년은 믿어도 되지 않을까. 한 번 그래봐도 되지 않을까.

출근길 지하철 안에서 골똘히 생각을 했다. '모든 요일의 기록'이라는 제목을. 이 제목으로 내가 무슨 말을 할 수 있을까에 대해서. 그러다 번뜩 '기억'이라는 단어가 생각이 났다. 나의 유난히 안 좋은 기억과 기록이라는 단어가 합쳐지면서 책을 쓸 수도 있겠다는 가능성이 한 줄기 피어났다. 마침 내게 노트와 펜이 있었다. 지하철 안에서 그 가능성을 잡아다가 쭉 써 내려갔다. 그 순간 가능성은 확신으로 바뀌었다. 회사에 도착해서 책을 쓰겠다고 메일을 보냈다. 10년 동안 써온 기록 중 많은 것들이 책의 본문으로 들어갔고, 지하철 안에서 써 내려간 그 글은 고스란히 서문이 되었다. 물론 일이 이렇게 순조롭기만 하다면 얼마나 좋을까만, 책을 인쇄하기 직전까지 나는 에디터를 새로운 방식으로 괴롭혔다. 인쇄 직전까지 계속 이런 문자를 보내는 식이었다.

'도대체 이런 글을 누가 볼까요? 이건 그냥 제 이야기잖아요.'

'사람들이 좋아해줄 거예요. 믿어도 좋아요.'

며칠 후, 또 못 참고 문자를 보냈다.

'아직 인쇄가 시작되지 않았죠? 지금이라도 그만두는 건 어떨까요.'

'교정교열을 같이 본 외주작업자 분이 이 원고를 읽다가 울었대요. 저만 좋아하는 게 아니에요. 좋은 책이 될 거예요.'

나를 본격적으로 '작가'라는 이름으로 불리게 만들어준 나의 첫 에세이 책 《모든 요일의 기록》은 그렇게 태어났다.

중학교 때 친척 어른이 나에게 말했다.

"기회는 언제 올지 몰라. 근데 그 기회가 왔을 때 네가 준비가 되어 있어야 해. 아무리 좋은 기회라 네가 잡고 싶어도, 네가 준비되어 있지 않으면 잡을 수가 없거든. 인생이 그래."

꽤나 뻔한 조언이고, 정말 많은 사람들이 반복하는 조언이다. 하지만 10대 때엔 그 사실을 몰랐다. 그 덕분에 이 조언을 꽤 신선하게 들은 나는 그 후에도 오래도록 내 마음속에서 반복해서 되새겼다. 아마도 이 조언이 내 성격에 딱 부합했기 때문일 것이다. 꾸역꾸역 열심히, 지치지 않고 계속하는 모범생의 근성을 적절하게 자극하는 조언이었으니까. 책이 나오고 나서 문득 이 조언을 다시 떠올렸다. 어쨌거나 계속 썼다. 무엇보다 좋아하는 일이었으니까. 지치지도 않고 계속 썼다. 그 노력이 우연을 만났다. 운이 좋게도 어쩌다 보니 나는 작가가 되었다.

어쩌다 작가 2

어쩌다 보니 두 개의 직업을 오가며 살게 되었다. 광고회사에서 "CD님"이라 불러도 대답하고, 밖에서 "작가님"이라고 불러도 대답한다. 이 둘 사이에 균형을 잡으려고 부단히 애를 쓴다. 아무리 회사 일이 바빠도 글 쓰는 감각을 잃어버리지 않으려 숙제처럼 마감을 잡아두고, 아무리 욕심이 나도 회사 일에 방해되지 않도록 작가의 일을 조정한다. "그 작가는 아무래도 광고 회사를 다니다 보니 마감은 거의 못 지키더라고"라는 말을 듣는 작가가 되고 싶지 않아서 마감을 더 칼같이 지키고, "요새 그 사람은 책 때문에 바쁘잖아. 회사에는 거의 신경을 안 쓰더라고"라는 말을 듣는 회사원이 되고 싶지 않아서, 무엇보다 그런 팀장이 되고 싶지 않아서 일 앞에서는 매 순간 치열하다. 두 일 다 좋아하기 때문에 한쪽으로 쏠려서 다른 한쪽이 욕먹는 사태는 만들고 싶지 않다.

균형. 처음엔 작가라는 타이틀을 얻었을 때는 균형에 집중했다. 어떤 사람이 책을 냈는데 우연히 그 회사의 동료를 만났을 때 험담을 들었기 때문에 더 주의했다.

"아니, 그 사람 요즘 책 때문에 잘 나가잖아요. 근데 회사 안에서는 평이 안 좋아요. 책 쓰는 데 쓴 에너지 반만 회사 일에 썼어도 이 정도로 욕먹진 않았을 텐데."

물론 이 평가가 객관적인 평가인지는 알 수 없다. 이 말 속에 어떤 질투심이 섞여 있는지도 알 길이 없다. 다만 두 개의 직업을 오가려는 마음을 먹은 사람이라면 저 평가를 염두에 두며, 늘 균형을 생각해야 한다. 그 균형은 양쪽의 무게가 동일한 균형이 아니다. 두 직업 중 동료가 존재하는 일이 있다면, 반드시 그 일이 우선이다. 그쪽이 무게 중심을 가져가야 한다. 이것이 나의 기준이다. 나 때문에 동료들이 피해를 입는 일이 있어서는 안 된다. 나의 자아실현 때문에 다른 누군가가 야근을 한다거나, 내 자리를 메꾸느라 팀원들이 고군분투를 하는 일이 있다면 나는 주저 없이 한쪽 일을 그만둘 것이다. 이기적으로 굴고 싶다면 혼자 일하면 된다. 누군가와 함께 일하기를 택했다면, '함께'를 훼손하지 않으려 애쓰는 것이 최소한의 예의라 생각한다. 그렇기에 더더욱 균형에 집중했다. 시간이 지나서야 알게 되었다. 균형을 잡으려 애를 쓰는 시간이 지나 별 노력 없이도 균형을 잡을 수 있는 시간이 오면, 그때부터는 '지지'의 시간이 시작된다는 걸.

어느 평일 저녁이었다. 회사에서 또 틈 없이 일해버렸다. 한 톨의 기운은 남겨놨어야 했는데, 또 초과해서 에너지를 끌어다가 써버렸다. 큰일이었다. 퇴근 후에는 북토크가 잡혀 있었다. 나 녀석의 멱살을 잡고 싶은 심정이었다. 어쩌자고 북토크를 수락한 것이냐, 이놈아. 오늘이 이렇게 바쁠지 모르고 한 달도 더 전에 수락한 거였지만, 핑계를 대봤자 바뀌는 건 없었다. 딱 퇴근 시간이라 택시를 타는 것도 불가능했다. 꾸역꾸역 지하철을 갈아타고 북토크 장소로 갔다.

작은 서점에 30명도 넘는 사람들이 빼곡히 앉아 있었다. 내가 들어서는 것과 동시에 수십 개의 눈이 나를 따라 움직이는 걸 느꼈다. 이놈의 낯가림 때문에 독자 분들 쪽으로 시선도 못 돌리지만, 환대의 기운만은 똑똑히 알 수 있었다. 오늘 하루 내가 회의실에서 겪은 뾰족한 공기와는 딴판이다. '자, 얼마나 잘하나 보자'라는 적대감의 향기도 없었다. 사람은 놀랍도록 동물적이어서 본능적으로 자신을 좋아하는 상대를 알아본다. 여기서는, 안심해도, 좋다.

강연을 하고, 질문들에 하나하나 답을 하고, 사인까지 다 하고 나왔더니 어느새 두 시간이 훌쩍 지나 있었다. 분명 한 톨의 기운만 가지고 겨우 여길 왔는데 어떻게 두 시간을 서서 이야기할 수 있었는지 모를 일이다. 하지만 그보다 더 이상한 일이 있었다. 하나도 피곤하지 않았다. 피곤하기는커녕, 에너지가 거의 100퍼센트로 충전이 되어 있었다. 올 때만 해도 집에 돌아가서 씻고 얼른 자고 싶다 생각했는데, 지금 이 기분이라면 집까지 걸어가고도 에너지가 남을 것 같았다. 하지만 나는 내일 아침 다시 출근해야 하는 회사원. 그런 무모한 도전은 내 것이 아니었다. 얌전히 집으로 가는 택시에 올라탔다. 그나저나 지난 두 시간 동안 무슨 일이 일어난 걸까.

컴퓨터 앞에 서서 눈만 마주쳤는데 벌써 웃어주신다. 별말을 하지도 않았는데도 고개를 크게 끄덕이신다. 반응이 좋으니 기운이 조금씩 차오른다. 어느새 너스레를 떨고 있는 자신을 발견한다. 농담을 하다가도 꼭 하고 싶은 말이 나오면 힘주어서 천천히 사람들의 눈을 보며 말한다. 그 어조에서 전해진 진심에 사람들의 펜이 움직인다. 질문이 이어진다. 조금의 뾰족함도 없는 질문들. 내 깜냥 안에서 최선을 다하는 답들. 우리들 사이에 공이 오간다. 에너지가 점점 더 차오른다. 어느덧 마지막 인사까지 하고 컴퓨터를 닫았더니, 금세 내 앞에 긴 줄이 생겼다. 사인을 해달라면서 책을 내미는데 나의 모든 책을 다 들고 오신 분도 계셨다. 이 많은 책에 사인을 부탁

해서 미안하다고 말씀하신다. 미안하다니. 내가 뭐라고, 이런 마음을 넙죽 받아도 될까, 오히려 내가 미안해진다. 별거 아니라며 내미는 선물들과 편지들은 또 어떻고. 그렇게 오늘 하루 종일 일들 사이를 오가며 겪은 것과 전혀 다른 공기 안에서 두 시간을 살다 나왔다. 에너지가 이토록 급속충전된 것은 당연한 결과다.

지지. 피곤해서 두 가지 일을 어떻게 오가냐는 질문 앞에서 나는 어느덧 이 단어를 떠올리게 되었다. 한쪽의 일이 다른 쪽의 일을 지지해준다. 서로가 가장 열렬한 지지자가 된다. 작가 일에서 얻은 에너지가 회사 일을 힘내서 할 수 있게 해주고, 회사 일에서 얻은 노하우가 작가 일을 도와준다. 두 가지가 너무나도 다른 일이라고 생각해서 둘 사이에서 균형을 잡기 위해 애썼던 시간이 무의미한 것이 아니었다. 어느새 두 가지 일이 균형을 잡으며 나라는 마차를 굴리는 두 바퀴가 되었으니 말이다.

지금 하는 일을 하면서 다른 일을 해보고 싶은 사람에게 가장 건네주고 싶은 단어가 있다면 이 두 단어를 떠올릴 것 같다. 균형과 지지. 원래의 일에 여전히 최선을 다할 수 있는 상태를 유지하며 다른 일을 시작해보자. 반드시 두 일 사이에 균형을 잡으려고 애를 써야 한다. 그리고 나라는 사람의 한계를 넘지 않는 범위에서 그 균형을 유지해나가야 한다. 무리는 금물이다. 내가 무너지면 일들도 동시에 무너지니. 일들 사이의 균형, 일과 나 사이의 균형. 그 모두를 지켜나가다 보면 기적과도 같은 순간이 올 것이다. 그 일들이 나를 지지해주는 순간이 얼마나 달콤한지는 굳이 설명하지 않겠다. 당신이 직접 그 달콤함을 맛보길 바란다. 그 달콤함은 오직 당신의 것이니.

한 장면을 완성하기 위해

먼 꿈을 꾸는 재능이 있다. 10대에는 40대를 꿈꿨고, 30대에는 60대를 꿈꿨다. 오해는 말라. 당장의 현실을 보지 않고 대책 없는 기대로 미래를 상상하는 것이 아니다. 오히려 화살을 쏠 때 화살 끝이 아니라 과녁에 집중하는 것과 같은 이치다. 지금 이 화살이 어디로 향해야 하는지를 수시로 체크하기 위해 꿈을 저 먼 곳에 세워둔다. 물론 그런다고 해서 내가 원하는 정확한 그 미래에 도착할지는 알 수 없는 일이다. 하지만 화살을 집중해서 계속 쏘다 보면 언젠가는 과녁 안에 들어오는 것처럼, 지금의 꿈도 미래로 계속 부치다 보면 어느새 내가 원하는 미래의 순간에 도착해 있지 않을까 간절히 바라는 것이다.

종종 나는 사람들에게 60대의 자신의 모습을 딱 한 장면으로 묘사해보라고 말한다. 시선을 멀리, 더 멀리 두고 상상해보는 것이다. 당신이 가장 도착하고 싶은 60대의 한 순간을. 이 상상은 구체적이어야 한다. 내가 있는 장소, 그곳의 분위기, 같이 있는 사람, 눈앞에 펼쳐진 풍경, 그때 내가 하고 있는 행동까지 최대한 자세하게 상상해보자. 멀리 떠 있는 풍선 같은 꿈이 아니라, 내 손에 쏙 들어오는 조약돌 같은 단단한 꿈으로 바꾸기 위해서다. 당신도 이 질문에 답해보길 바란다. 이 질문에 대답하기 위해 잠깐 이 책을 떠나도 좋다.

■ 당신의 60대의 모습을 한 장면으로 설명해볼까요?

나부터 내가 꿈꾸는 60대를 한번 설명해볼까? 커다란 방 한가운데에 커다란 테이블이 있다. 이 테이블은 20대부터 내가 계속 쓰고 있는 바로 그 원목 테이블이다. 20대부터 평생 나와 같이 늙어갈 테이블로 낙점했으니 그때도 분명 나는 그 테이블 앞에 앉아 있을 것이다. 테이블 앞으로는 조금 큰 창이 있고 창밖으로는 커다란 나무 한 그루가 있다. 나무가 햇살을 다 가려서 늦은 오후에도 방은 어둑어둑하다. 변치 않는 내 취향의 조도다. 테이블 위에는 책들이 쌓여 있고, 테이블 뒤로도 옆으로도 책이 가득하다. 책과 테이블과 창문과 나무. 그 가운데 내가 앉아 있다. 또 뭔가를 쓰는 중이다. 뭘 쓰고 있는 건지도 골똘히 상상해보았지만 거기까지는 아직 잘 모르겠다. 별거 아닌 기록을 하는 중일 수도 있지만, 내 마음에 드는 글을 쓰는 중이라면 더 바랄 것이 없다. 남편은 옆방에 있다.

진지하게 내 꿈속 장면을 따라가다가 마지막 문장을 이야기를 하면 사람들은 늘 왁자지껄 웃는다. 그럼 그렇지, 라는 웃음이다. 남편과 굳이 같이 있고 싶진 않다는 의미로 받아들이기 때문이다. 흔한 중년 부부처럼. 그럼 나는 슬며시 따라 웃고 굳이 해명을 하지는 않는다. 그렇게까지 모두 앞에서 시시콜콜하게 내 꿈에 주석을 달 필요는 없으니까. 하지만 마지막 문장의 의미는 따로 있다. 내가, 나만의 방을 가지고, 내가 좋아하는 일에 몰두할 수 있는 시간을 가진 사람이 되고 싶다는 의미다. 이때 남편이 옆방에 있어야 하는 이유도 명확하다. 그도, 그만의 방을 가지고, 그가 좋아하는 일에 몰두했으면 하는 바람을 가지고 있기 때문이다. 하지만 바로 옆방이다. 금방 다시 만날 것이다. 차를 마시고 술을 마시고 수다를 떨고 우리가 좋아하는 것들을 보면서 함께 시간을 보낼 것이다. 함께 시간을 잘 보내기 위한 전제 조건이 '따로 시간을 잘 보내는 것'이라는 사실을 우리는 이미 너무 잘 안다.

언제부터 나는 이 꿈을 조약돌처럼 간직하게 되었을까. 가장 오래전 기억으로 거슬러 올라가면 서른두 살쯤 처음으로 이 꿈을 입 밖으로 말한 것 같다. 그때 나는 누군가의 질문 앞에서 잠깐의 고민도 없이 이 장면을 묘사했다. 그렇다면 이 꿈을 그전부터 간직한 것에 틀림이 없지만, 그날 이 꿈을 꺼내놓았기 때문에 그때부터 이 꿈은 나의 조약돌이 되었다. 당신도 구체적으로 당신의 60대 한 장면을 상상해보았는가? 그렇다면 그 장면을 꼭 글로 써보기를 권한다. 글이 익숙하지 않다면 가장 친한 이에게 말로 옮겨보길 권한다. 세상에 구체적으로 내놓기 위해. 이게 끝이냐고? 아니, 이제 시작이다. 지금부터 당신의 상상을 해부해야 한다. 지금부터의 단단한 나침판으로 삼기 위해.

맥락 해부

상상 속 장면에서 당신은 어떤 행동을 하고 있는가? 나처럼 글을 쓰고 있는가? 혹은 무엇을 만들고 있는가? 지금 하고 있는 취미 활동을 그때도 하고 있는가? 혹은 정원을 가꾸고 있을 수도 있고, 가족들과 모여서 즐거운 시간을 보내는 중일 수도 있다. 그게 무엇이든 좋다. 다만 그 행동의 맥락을 잘 살펴야 한다. 예를 들어서 설명을 하자면, 많은 사람들이 여행을 하고 있는 자신의 60대를 이야기한다. 바닷가에 느긋하게 앉아있는 60대의 나. 이 장면에도 다양한 맥락이 존재할 수 있다. 여기로 떠나오기 위해 회사 업무를 잔뜩 처리하고 온 것인가? 아니면 이미 은퇴를 해서 이곳에 벌써 두 달째 머무르고 있는 중인가? 겉보기엔 둘 다 '바닷가에 느긋하게 앉아 있는 60대'지만 전후맥락이 바뀌면 꿈 자체가 달라진다. 누군가는 60대에도 현역으로 열심히 일하고 있는 나를 꿈꿀 수도 있고, 누군가는 그때쯤이면 세상일에서 멀어지고 싶을 수도 있다.

또 하나의 예시를 들어볼까? 목공을 하고 있는 자신을 상상하는 이도 있다. 오랫동안 목공을 꿈꿔온 당신, 60대의 당신은 이제 막 목공을 배워보고 있는 단계인가? 혹은 젊을 때부터 주말마다 조금씩 목공을 배우다가 60대에는 작은 목공품들을 만들어서 판매를 하고 있는가? 혹은 언젠가 여행 중에 내가 만난 할아버지처럼 낮에는 농사를 짓고 오후에는 목공품을 만들고 있는가?

이렇게 한 장면 속에 숨어있는 맥락까지 파악하는 것이 왜 중요한가. 이 맥락을 알아야 60대의 삶을 위해 지금 무엇을 해야 하는지가 구체화되기 때문이다. 60대에 작은 목공품이라도 내 이름으로 팔고 싶다면 지금 당장이라도 그 취미를 시작해야 한다. 동시에 60대에 목공 취미를 시작해보고 싶다면, 그리고 다른 일은 더 안하고 싶다면 그럴 수 있는 여건을 만들어야 한다. 누가? 바로 당신이. 언제? 바로 지금부터.

관계 해부

상상 속에 누가 있는지를 면밀히 살펴보는 것도 중요하다. 말한 바와 같이 나의 상상 속에서는 옆 방의 남편이 존재한다. 당신의 상상 속에서는 누가 존재하는가? 킨포크 잡지에 당장 실려도 될 것 같은 근사한 저녁 식사 자리를 상상했다고 가정하자. 당신은 그 식사 자리에 마음 맞는 친구들과 앉아 있다고 상상했는가? 그 친구들은 오래된 친구들인가? 혹은 당신과 공동체를 이뤄서 느슨한 가족의 형태로 살고 있는 친구들인가? 그 식탁엔 가족들이 앉아 있다고 상상할 수도 있다. 그렇다면 그때 아이들은 당신과 한 집에 살고 있는 상태인가? 혹은 스무 살이 넘어서 독립을 한 상태인가? 아마 각자 처한 현실에 따라서 등장하는 인물이 다를 것이다. 아예 아무도 등장하지 않을 수도 있다. 충분히 가능한 일이다.

미래의 그 장면 속 관계를 해부하다 보면 지금 내가 가장 중요하다고 생각하는 사람이 누구인지가 고스란히 드러난다. 지금은 조금 허술해지거나 허물어진 관계일지라도 결국 내가 함께하고 싶은 사람들이 그 상상 속에 존재한다. 지금은 이야기도 잘 하지 않는 배우자이지만, 먼 미래의 상상 속에서는 나와 제일 잘 맞는 여행 파트너로 등장할 수도 있다. 지금은 어쩔 수 없는 현실 때문에 원가족을 떠나지 못하고 있지만, 상상 속에서는 결국 혼자 독립해서 나 자신에게 쾌적한 상태로 살아가고 싶은 사람도 있을 것이다. 결국 가장 중요하다고 생각하는 관계가 상상 속에서 고스란히 드러나는 것이다.

하지만 평생 데면데면하던 배우자와 갑자기 평생의 친구처럼 지낼 수는 없다. 평소에는 거리를 두고 살다가 나이가 들어서 갑자기 친구 근처에서 살겠다고 선언할 수도 없다. 자기 자신과의 관계는 또 어떻고. 자기 자신이 원하는 바를 면밀하게 들여다보는 시간을 자주 가진 사람만이 혼자서도 즐겁게 지낼 수 있는 법이다. 그 모든 관계에는 노력이 필요하다. 함께 시간을 보내고, 서로가 어떤 사람인지 알아갈 기회를 충분히 가져야 한다. 가족이라고 무턱대고 내 곁에 있어줄 거라는 생각도 당신만의 착각일 수 있다. 상상 속 그

관계, 당신이 가장 중요하다고 생각하는 관계를 위해 지금부터 꽃을 피우기 위한 노력을 해야 한다. 우리 사이의 토양을 잘 가꿔야 하는 것이다.

경로 해부

구체적인 상상을 정립했다면 이제 그 상상을 완성시키기 위한 경로도 조금씩 구체화해볼까. 갑자기 회사를 그만두고 카페를 차리라거나, 시골에 집을 사라는 이야기가 아니다. 꼭 해보고 싶은 취미가 있다면 지금부터라도 시간 날 때마다 해본다거나, 친구들과 모임을 조직해보는 것도 도움이 될 수 있다. 함께 그 꿈을 이뤄가고 싶은 사람이 있다면 그 사람과 구체적으로 이 꿈 이야기를 해보는 것도 좋을 것이다. 그 꿈을 위한 예산을 확보하는 것도 꼭 필요하다고 생각한다. 무엇보다 지금부터 조금씩 해보는 것을 강권한다. 현실의 배를 내가 원하는 미래 쪽으로 조금씩 방향을 트는 것이다.

개인적으로 이야기를 해보자면 나는 더 이상 내 방을 가지겠다는 꿈을 미루지 않기로 했다. 이렇게 결정을 한다고 해서 갑자기 없던 방이 하늘에서 떨어질 리는 없다. 그래서 옷방 입구에 아주 작은 책상 하나를 놓고, 지금부터 나는 여기에서 글을 쓰겠노라고 선언을 했다. 지금도 그 책상에서 글을 쓰는 중이다. 의자 뒤로는 바로 옷장이고, 책상 왼쪽으로는 문이 있고, 책상 오른쪽으로는 청소기와 잡동사니가 있다. 어지러울 수밖에 없는 주변 환경으로 시선이 분산되지 않도록 스탠드 불 하나를 켜두었다. 물론 널찍한 거실의 책상을 두고 그 작은 구석에서 뭐하는 짓이냐고 말할 수도 있겠지만, 이상하게도 이곳에서는 시간이 안전하게 흐른다. 딱 내가 원하는 모양으로 시간이 빚어진다. 이 공간의 평수를 굳이 따지자면 한 평 정도? 하지만 나에게 꼭 맞춰진 한 평이다. 이 한 평에서 나는 내가 살고 싶은 미래를 지금 살아버리고 있다는 기쁨을 누린다. 온전하고도 순수한 기쁨이다.

원하는 60대의 한 장면을 상상해보라는 이야기가 어쩌다 보니 너무 길어졌다. 하지만 그 장면이 당신의 일에, 퇴근 후 시간에, 취미생활에, 가족과의 대화에, 친구와의 관계에, 무엇보다 나 자신과의 관계에 나침반이 될 것이다. 당신의 미래를 조금 더 당신이 원하는 쪽으로 이끌어줄 것이다. 그 어떤 것에도 믿음이 부족한 나이지만, 이것만은 명확하게 믿고 있다.

본문 인용 도서

78쪽 킴 스콧 저, 박세연 역, 《실리콘밸리의 팀장들》(청림출판, 2019), 46쪽

237쪽 호프 자런 저, 신혜우 그림, 김희정 역, 《랩걸》(알마, 2017), 52쪽

내 일로 건너가는 법

초판 1쇄 발행 2022년 9월 28일 **초판 7쇄 발행** 2024년 6월 24일

지은이 김민철
펴낸이 최순영

출판1 본부장 한수미
와이즈 팀장 장보라
편집 김혜영
디자인 김준영

펴낸곳 ㈜위즈덤하우스 **출판등록** 2000년 5월 23일 제13-1071호
주소 서울특별시 마포구 양화로 19 합정오피스빌딩 17층
전화 02) 2179-5600 **홈페이지** www.wisdomhouse.co.kr

ISBN 979-11-6812-436-3 03810